Heibonsha Library

新村出随筆集

平凡社ライブラリー

Heibonsha Library

新村出随筆集

新村猛編

平凡社

本著作は一九八二年一一月に彌生書房から刊行された『現代の随想24 新村出集』を改題したものです。

表記は新かなづかいに改め、読みにくいと思われる漢字には適宜ふりがなをつけています。

また、今日では不適切と思われる表現については、作品発表時の時代背景と作品価値などを考慮して、原文どおりとしました。

目次

海賊の話

賊になるなら海賊になって見たいと私はバイロンの『海賊行《コルゼイル》』を読んだときにそう思った。ゲーテがメフィストをして言わしめた語にこういうのがある。（鷗外訳『ファウスト』第二部第五幕）

自由な海は人の心を解放する。
思案なんぞ誰がしてゐるものか。
なんでも手ばしこく攫むに限る。
肴も捕れば舟も捕る。
暴力のある所に正義は帰する。
何を持つてゐるかゞ問題だ。
どうして取つたかは問題にならぬ。

痛快な文句だ。ここの文句を読むといつも巣林子《そうりんし》の毛剃九右衛門《けぞりくえもん》が思い出される。貧弱な日本の海洋文学では「博多小女郎浪枕《はかたこじょろうなみまくら》」の首《はじ》めの一章はまず絶唱とすべきであろうが、メフィストが更に進んで「舟軍と貿易と海賊の為事とは、分けることの出来ない三一同体だといふのが嘘なら、己は航海業の白人だ」と豪語したような意気は鎖国時代の元禄文学には求められない。

海賊と貿易と海軍の連関は、世界の海賊史や商業史の上に認められるが如く日本の海の歴史上でも顕著になっている。

近古ないし近世にあって海賊という名がまた海軍の意味に使われていたことは周知の事実である。海賊のわざは他方において密貿易にかわった。足利時代以降支那の沿岸や日支の近海に暴威を逞《たくまし》うした倭寇は支那人からバハンの名をもって呼ばれたが、普通の説に由《よ》ると、この半商半賊の倭寇船は、八幡大菩薩の旗を掲げて支那の沿海に出没したものだから八幡船とよばれ、その支那音のパハンが日本人にバハンと訛られて海寇の意味に使われたのだという。しかるに徳川時代の中ごろになると、バハンの名は抜荷すなわち密貿易の意味に変ってしまった。男らしい海上奪掠は、卑怯な海上密貿易に代ったのである。こういうように日本でも海軍と海賊と商売とは三位一体《ドライアイニヒ》になっている。バハン語源や語義変化に関する考証さては海賊の歴史は、他日別にするつもりであるからここには略するが、東西の海上権力史を回顧すると海賊の研究はなかなか面白い。

今は昔、英国が西班牙《スペイン》の艦隊を撃破して西海に覇を称し、東洋の貿易場裡に先進国たる葡萄牙《ポルトガル》や西班牙や阿蘭陀《オランダ》の商権を侵しに来たとき、これらの国々の商人どもは、後進国のことを海賊と罵ったものだ。「お山の大将おれひとり」といつまでも威張っていたいところへ、後から押して来るものがあると突きおとさねばならぬ。後れて来て先取の商権を侵害しようとすると、いつもこの海賊という名を後進者におっかぶせて泥坊呼ばわりをするのが手である。独逸《ドイツ》もその手をくわされた。日本もその伝でやられかけている。皆この「後から来たもの突きおとす」のである。英国も二三百年前には同様な境遇にいたのだ。慶長十八年に来た英国の特使提督セーリスの『日記』にも、英人は早くも日本に在留する南蛮の宣教師達から海賊と誹られていたと憤慨しているが、蘭人の如きは葡萄牙人からバハンと罵られながら他方では英人を海賊と軽蔑した。お互いさまであった。新井白石は『采覧異言《さいらんいげん》』において、英国のことを称して「国海中にあり、俗善く舟を操つる、人又勇敢にして最も水戦を戦ふ、西南諸国皆其の人を畏れて海賊と為す」と記している。日本の俗語で番賊のことをイギリスと呼んだと著者は附記したが、国学者の谷川士清《たにかわことすが》の如きは『倭訓栞《わくんのしおり》』という国語辞典でイギリスという語を標出して、白石の説によってそれを番賊のことだと釈したような始末だ。徳川幕府で編纂した日本近世外交史ともいうべき『通航一覧』には、英国のことを「或はいふ、常に海中に漂泊して海賊を業とす」とも註したほどだ。こんなふうに海賊の所業と海軍や海運の発達とは関連している。メフィストの壮語も尤《もっと》もだ。

海賊の猖獗《しょうけつ》を極めた時代にはこれに関する壮快な史話も少くないが、そのわりに海賊を題材にした文芸は極く稀《まれ》である。中世の書簡文体の用例を集めたものの一つに『異制庭訓往来《いせいていきんおうらい》』というのがある。その中に、こんな文句の一例がある。乱世のことで賊に代って吐いた気焔だ。「賊に大小あり、小罪は已に大罪より軽し、小賊は何ぞ大賊に等しからん、窃盗強盗は山賊海賊に比すべからず、山賊海賊は他領押領の大賊に比すべからず、又争位奪国の大盗よりも軽し、然らば末代は皆賊の世なり、唯我一人のみに非ず」と賊は自己を弁護している。けちな賊の言草だ。山海の群盗として、もう少し調子の高いところを聞かせてくれたらよかったのにと残念である。

『土佐日記』や『源氏物語』（玉かつらの巻）を読んだ人は、中古四国中国筋の海賊を恐れたことを知っているが、文学にあらわれたところがあのくらいでは誠に心細い。『今昔物語』や『宇治拾遺物語』に、海賊の話があるが、いずれも気の弱い奴らや、直ちに発心してしまうような連中で、壮烈な所業は見えぬ。雄偉な精神は少しもない。『古今著聞集』に出ている熊野辺の海賊のでも同様だ。賊の気の弱いところを示しているだけである。これらはいずれも海賊鎮撫というような思想から出た逸話であって、敢えて海賊のために気勢を揚げたがわの文章ではないのだから仕方がない。この種の物語の中、最も趣味のあるのは、『著聞集』や『十訓抄《じっきんしょう》』に記されている音楽家和邇部用光《わにべのもちみつ》（また茂光）の美談である。多分平安朝の末ごろのことであろう。用光は土佐あたりに出かけたことがあった。往航の時であるか、あるいは帰りがけに安芸の海上であるか確かにはわからぬが、海賊に出遭って将《まさ》に殺されようとした時、彼は携えて来た篳篥《ひちりき》を取出して、今生の思い出に秘曲の一ふしを吹きすました。海賊もおのれの船を押えて一曲を聴いていたが、すっかり感じ入って涙を流し、そのまま漕ぎ去ってしまったという。ただこれだけの話であって、言わば音楽の霊験を説いたようなもので物足らぬ点はあるけれども、貧弱な日本の海賊文芸では、この話は最も群を抜いている。後にこの用光の篳篥を海賊丸とも海賊逃とも名づけて伝えたということである。とにかくこういう類いの感激的なあるいは信心深い海賊の話は、この後にも出てくる。

瀬戸内海のうちでも伊予安芸備後辺の海上は海賊の最も盛んな場所であって、支那人を懼《おそ》れさせ南蛮人にも喧伝された伊予大島の能島《のしま》氏の如きは、倭寇史上にも海軍史上にも名高い。されば文学に現われたところでも、安芸備後の灘を中心にして西は馬関《ばかん》海峡に及び、東は淡路と明石との瀬戸附近が多い。毛剃九右衛門の世界は下の関に取ってある。その下の関あたりに、近松と同時代に、海賊島といって、石垣を四方に築き上げ当時形ばかり残っていた大屋敷の跡が存したという話が、西鶴の門人として著名な北条団水《ほうじょうだんすい》の『昼夜用心記《ちゅうやようじんき》』に見えている。この書は宝永四年の刊行で、近松の作は、それから十年ほど後の享保三年の作である。無論あの浄瑠璃が、これから直接に材を得たとはいわれないが、中世の海賊横行の跡は元禄時代までは人口に膾炙《かいしゃ》していたものに違いないから、共同の根源から種子を得たものと考えられる。天文の末頃、安芸と備後の間に起った海賊にまつわる可憐なローマンスも日本の海賊文学では棄てかねるであろう。ただしお伽話であって悲壮な趣は見えない。周防山口に逃げていった公卿の夫妻があったが、大内義隆が没落したのでせんかたなく帰洛する海路の上で、船が安芸の忠海《ただのうみ》にかかったとき、その東の海村能地の海賊に襲われて夫基頼《もとより》卿は海に投げこまれ、北の方は海賊の家の嫁にされようとした。奥方は、海賊の酔いつぶれている隙を窺って遁《のが》れいでて、夫の菩提を弔うために或る尼寺に入って尼となっていた。ところが夫はもとよりの水練の達人であったから、海に入っても死なずに首尾よく泳いで陸にあがり備後の鞆《とも》の港へたどりつき、土地の豪家に身を寄せていた。海賊は奪掠した財宝の中、梅の画幅を、檀那寺なる彼の尼寺に持参してそれを尼さんに寄附した。北の方の尼公がそれを見ると紛らう方なき亡夫の筆蹟であったから、やがてそれに歌を讃して書きつけた。話かわって、鞆の豪族の家人が何かの縁でかの尼寺に詣ったことがあった。家人はその一幅を求めてかえり主人や基頼卿に見せた。そこで奥方の行方もわかり、輌によびむかえてまず目出度く同棲することとなった。ところが好事魔多く、いざ京都へ帰ろうとする頃、基頼はにわかに歿し、夫人もついでその後を追うたので、土地では比翼塚を作ったというのが話のあらましである。これは浅井《あさい》了意《りょうい》が寛文六年に自序をかいた『御伽婢子《おとぎぼうこ》』に出ているところである。

俳諧では貞徳派のものに海賊の取材が往々見える外、日本の詩歌には遺憾ながら見出しにくい。ここでも西詩の方が希臘《ギリシヤ》以来豊富だ。ロビンソンの作者にも、海賊譚の作があり、スコットにも、あまり聞えぬが「海賊」と題する作品が存する。日本で海賊は、日清戦争時代までは、文学の主材に使われずに過ぎた観がある。

（一九二二年八月「週刊朝日」。全集第五巻所収）

南蛮に関する俚謡その他

先年文芸委員会で編んだ『俚謡集《りようしゆう》』に載せてある盆踊歌のうちには佳品が少くない。志摩のささら節というのにこんなのがある。三百余年まえの情趣がただよう。

われは十七、
わかい身なれど、旅も都もまだ見ず、
おやのかんどは、なほつても、
その身は、みやこまゐりは、せうずもの。
まづ一番に、奈良へまゐりて、
奈良の春日の、祭を見れば、
お馬揃ひに、よろひ道具に、
まづはすゝどい祭の、
奈良を出てから、堺つきそよ。
堺港にかゝるお船は、
いゝいゝ、なんば船とはあれエかの。
堺出てから、やがて程なく、

住吉のお宮にまゐりて、
石の鳥居とは、こオれかの。
あとで親御が、なげきなすやら、
なんぼ今夜の、お夢に見えそよ、
いざやもどろや、ともだち。

処々通じにくい文句がある。三行めの「親の勘当はなほつても」は、むしろ「かぼつても」で、被ぶるという意ではないか。「住吉のお寺」とあったが、もとはお宮とあるべきだと思って今書き改めた。十六七の青春の者が、田舎ずまいに倦《う》んで、友だちと誘いあわせて、奈良から堺、住吉とうかれ遊んで、行楽極まった後、一旦は親の勘当を覚悟して家出はしたものの、さすがに故郷を懐い、「なんぼ今夜のお夢に見えそよ、いざやもどろやともだち」と、あどけない結語に、無限の余韻がこもる。ここの「見えそよ」のそよは、前にある「堺つきそよ」のそよと同じく、「候よ」の頽化であって足利時代の俗語に普通な形である。堺の港にかかる南蛮船を見て、「あれエかの」という驚嘆も一句簡古である。

この謡の内容を、享楽的方面からみても、道学的方面から見ても、含蓄のある作であると思う。異国情趣からも面白い歌たるを失わない。

ついでに、伊勢の飯南郡の子をどり歌というのに、長崎の唐船を詠んだのがあるから、それを併せ記るそう。

長崎浦へ出で見れば、
からから舟が三艘来た。
さきなる舟には何つんだ、
きんらんまきもの積んで来た、
めしてたもりやれ、若い衆だち、
処繁昌となる程に。
中なる舟には何つんだ、
きぐすりなんぞをつんできた。
めしてたもりやれ、若い衆だち、
ところはんじよとなる程に。
後なる舟には何つんだ、

小間物なんぞをつんで来た。
めしてたもりやれ、若い衆だち、
処はんじよとなるほどに。

形式は、お船歌などによく見える対句をつかい、平単な調子であるが、二百余年間の長崎における支那貿易の縮図として棄て難いところがある。

筑前韓泊《カラトマリ》の水主で孫太郎という若者が、明和の初年にボルネオに漂流して帰って来て南国の奇聞を語り、それを録して考証を加えた『南海紀聞《なんかいきぶん》』というのがある。藩の儒者青木定遠の著述である。孫太郎は島の南の港町バンジャルマッシンで聞いた黒坊の俗謡をおぼえて来て、その三首が巻末に書きとめられた。馬来《マライ》系のボルネオ語の原歌は、ここには引かぬが、編者定遠は、その一首を漢訳して、

白鳥飛未過、少年白皙且帰支那、

として、その義を釈して、「崑崙奴之女、悦支那年少顔色白皙、惜其帰也」といった。単純なもので歌として取り立てるほどのものではないし、また実際やかましい銅鑼《どら》太鼓ではやし立てられながら蛮声で謡われたら堪えられたものではあるまいが、『紀聞』のうちに、

鸚弄《インコ》。種類甚多し、紅白線或は五色を備へしあり、孫太郎薪樵《キコリ》に行きしとき、山野にて毎々見たり、三々五々聯翩《れんぺん》として花樹の際に飛集す、奇観云ばかりなし、バンジャルマッシンにも籠鳥にして愛玩す、甘蔗砂糖水にて飼ふとぞ、
孔雀。バンジャルマッシンにて各家これを畜ふ、早天より飛去り日中は虚空に翺翔す、仰いで是を望むに燕の大きさにも見ゆ、薄暮には家々のねぐらに帰り宿すとなん、云々。

とあるくだりなどを、連想しつつ、あんな歌でもこれを誦んでみると、黒女の恋も恰好な題材であることとおもえる。まして徳川時代の気分で味わえば、別趣の感が湧き出でる。あの港町は、明朝のころより支那との貿易地で海商の去来もあった処で、『東西洋考』などにも文郎馬神の文字をあててある。したがって、この白鳥飛未過の小歌も、例の『松の葉』中の長崎の鶏はの一節を想い起さしめるのである。

このごろ琉球へ遊び、八重山宮古のはてへも渡って台湾を経て帰って来た遊子から、『ひるぎの一葉』という小冊子を得た。八重山の石垣島に二十年間も測候のことを勤めておられる岩崎卓爾《たくじ》君の著で、八重山の童謡と民謡との集が附いている。伊波《いは》君が先年『古琉球』の名著のなかに紹介して知れた鷲《バシ》の歌は、紀記の古調万葉の雄篇をも凌ぐかと思われる壮大なる吟咏であるが、この民謡集には、その歌詞の外に、曲譜をも加えてある。その他、内地の

俚謡にも似かよい、中世の古曲の面影もある作品がちらほら見える。恋の花節などは、我が能狂言中の小咏を追想させる。更に土地の香りの高いのがありがたい。波照間の島節や崎山ゆんたの如き長篇は、こなたの盆踊歌にもまして田園の情致海島の趣味の溢るる傑作である。鳩間節というのにこういうのがある。

鳩間《ハトマ》中岡《ナカモリ》走《ハ》り登《ノボ》り、
蒲葵《クバ》の下《シタ》に走《ハ》り登《ノボ》り、
美《カイ》しや生《ム》いたる岡《モリ》の蒲葵《クバ》、
立派《チュラ》さ列《ツ》れたる頂《チヂ》の蒲葵《クバ》、
真南端《マンカハイバタ》見渡せば、
浜の見るすや小浦《クラ》の浜、
小浦《クラ》の浜から通《カ》ゆる人や、
蔵元《ウラ》の前の人心、
伊武田《インダ》福浜下離《フクハマシチヤハナ》れ、
舟浦《フノラ》地《ヂ》やかましの地、

舟浦《フノラ》人《ビト》の見るみん、
上原《ウヘバル》人《ヒト》の聞《シ》く耳《ミン》、
稲ば作《ツク》り実《ミノ》らし、
粟ば作り実《ミノ》らし、
前《マト》の渡《ト》よ見渡せば、
往《イ》く舟来る舟面白や、
なゆしやる舟のど通《カヨ》ふた、
如何《イカ》しやる舟のどかしやらくか、
稲ば積付け面白や、
粟ばつみつけさて見ごと、

琉語できこえ難い文句が多いが、漠然ながら意味は通ずる。

琉球のオモロ等の歌謡は誇るべき国華である。愛儂《アイヌ》のユカラ等の如く日本の一大遺宝である。この南海の明珠につきては、往年田島氏が手を着けられた後を承《う》けて伊波氏が大いに蒐集と註釈とに意を尽されたは多とせねばならぬが、吾々は更に規模を大にして完全なる結集を計り、周到なる研究を勉めねばならぬと思う。せめては、文部省で出した『俚謡集』ぐらいなものでも欲しいのであるが、南北の二方とも古謡の研究が閑却されてしまっているのは、遺憾の極みである。

朝鮮の古謡でも同様な恨事がある。李朝初期の龍飛御天歌の如きは、最近京都大学でその攷究に着手されているが、しばしば学者の口の端にのぼる『三国遺事』所載の新羅古歌十数首に対しては、未だ梨壺《なしつぼ》の五人も出ねば、まして仙覚も起たないので、この吏吐《りと》すなわち朝鮮の万葉仮名を交えて書いてある郷歌は、よめずにいる有様である。その古義が闡明《せんめい》されるに至らば、比較言語学上にも益するところがいかに多大であろうか、言うを俟《ま》たぬのである。『三国遺事』巻五に彗星歌という一首がある。それは融天という僧の作である。新羅の真平王（本朝にては用明推古時代にあたる）の代に、二三の青年が山遊びをしようとしたところが、彗星が心の大星を犯した天象に出遭ったので、その行を罷《や》めようとした。時に融天が次の如き歌を作って歌ったので、星佐《せいかい》はたちまち滅し、侵入した日本兵は帰還し、国家慶福を来たし、王も歓び、青年も楽しく遊岳をしたという。その歌は、まずこんな形である。

旧理東尸汀叱、乾達婆矣遊烏隠城叱肹良望良古、倭理叱軍置来叱多烽焼邪隠辺也歓耶、三花矣岳音見賜烏尸聞古、月置八切爾数於将来尸波衣、道尸掃尸星利良古、彗星也白反也人是有叱多、後句、達阿羅浮去伊叱等邪、此也友物北所音叱彗叱只有叱故、

この註解には、万葉学者以上の智嚢《ちのう》と気根とを要するであろう。

こんな解き難い古歌とは異なり、自分が数年前薩南苗代川《なえしろがわ》に旧朝鮮人聚落の来歴、土俗、言語等を調べに行った時に、採集した近世の朝鮮の歌一首を掲げてみよう。慶応四年戊辰二月に苗代川村の丁氏が写したもので、漢字で綴った本文の右傍に諺文と片仮名とを附訓した一小篇である。今漢字のみを挙げる。片仮名の傍訓も朝鮮語であるから載せぬことにする。

一、来日今日、毎日如今日、日者暮亦、曙益如今日、今日如今日、何世如也、

一、是遊哉遊哉、彼遊哉遊哉、我房家外、

遊木盛、如壱出、暮曙遊哉、
一、南山松閑、毎松鶴居与、西山日閑、
毎日為此也、況、能生日故、
一、山好処、盞執直坐、彼処視、
彼山好処有、彼山好処、不遊何為、

これでは原歌の調子は全く分らないのであるが、意味はぼんやり知れようと思う。これを苗代川の遺民は玉山宮といって郷土の神さまを斎きまつる社の秋の祭のおりに歌うらしいのである。この祠堂の山の西に小さい岡があって村民は春秋ここに行楽をなし歌舞を催おすという話である。これを山舞楽《サンブラク》（？）ととなえている。もと憐むべき捕われ人たちが、薩摩の西海岸あたりの小山にのぼりて甑島《コシキ》あたりでも晴天に遠望したものか、それを故郷朝鮮の地と思って、やるせなく懐かしがり、互にはかなみあって一日を楽しみ憂を遣ったものであったのが、この年中行事の起りであろうと、苗代川の故老が物識りがおに物語った。一日一日を優遊たのしくのんきに送り暮らそうと歌った、あの歌は、いかにも朝鮮の民族性を発揮しておるだけであるけれども、こういう環境こういう気分の裡《うち》に味わえば格段の情致を感ずることが出来る。苗代川の朝鮮の民については、往時今代薩藩の内外ともに、また詩人羇客《きかく》さては愛陶好古の人々の間において、書きのこされた文献は少くない。山陽の「薩摩詞」の中に、路遇朝鮮俘獲孫、窑陶為活別成村、可憐値得扶桑土、造出当年高麗盆という一首があるが、八田《はつた》知紀《とものり》や山田清安《きよやす》などの歌にはこの題材を取ったものは、みかけぬようである。(大正九年八月三日記)

(一九二〇年九月「心の花」。全集第五巻所収)

異国俳趣記

俳書類に見えた異国情趣の句は、十五年前小泉迂外《うがい》氏が「風俗志林《ふうぞくしりん》」第二巻第一号および「集古会誌《しゅうこかいし》」壬子巻四に摘録せられ、宮武氏の『川柳叢書』第一篇の附録にもとりいれられてあって、古く柳亭種彦などがよく俳句を考証につかったその流れを汲む道すじであるが、私も同じ道すじをたどって俳書のうちから南蛮紅毛にちなんだ句を拾いあつめておいたことがあるから、この機会を利用してかきつけておく。なるべく小泉氏の分と重複せぬようにするが、興の向かうところ多少同句がまじるかも知れない。

寛永以降の貞徳派の句集には異国的なものが甚だ多いのは時勢上自然である。タバコやキセル、鉄砲や遠目鏡、時計、カルタや葡萄酒、さてまた南蛮船とか黒船とかいう題目、吉利支丹《キリシタン》に関するものも散見する。最も多いのはタバコの句であろう。私がしばしば引用した貞徳の油画の句の如きは唯一の例かと思う。寛永十年に成った松江重頼《まつえしげより》の『犬子集《えのこしゅう》』はこれらの種類の句に富むが、貞徳自身の作も多いが、慶友すなわち堺の卜養《ぼくよう》(初代)の句がかなり多い。読人不知の作にて(巻五)

長崎へまかりてくろふねの入ざる年に

雲のかゝる月や黒舟空の海

の句、慶友の句(巻十五)に「蜜も皆まつ黒方に打けぶり」の前句に、

南蛮舟にたばこをやのむ

と附け、おなじく（巻十七）「白き物こそ黒くなりけれ」に対して、

まかい糸を南蛮舟に売はてゝ

とよんだものがある。編者重頼が「忍び〳〵にかたる上瑠璃」に、

らう人や世界の図をば知ぬらん

と附けた句中の世界の図という語は、徳川初期の流行言葉で、遡れば海外交通時代の盛期に及ぶのであるが、『日本西教史』を見てもわかるごとく信長や秀吉が世界図を按《あん》じたこと、家康が世界図の枕屏風を駿府の城中にもっていたこと等の事実と思いあわすべきであろう。下っては寛文年間の『卜養狂歌集』中にも二首もよまれているのを見かける。

よきといひて類ひもいざやしらひげを

これぞ南方ぬくせかいの図

それには「ある人南方の毛抜を給はり気に入たらば歌よみておこせとありければ」と題詞がある。南方けぬきのことは既に『毛吹草《けふきぐさ》』にも出ている。卜養はまた、

吹風呂のてんと其いきそれすいた

せかいの図ぢやと名を右衛門殿

とよんだ。同集秋の部の或る一首の題に、「何れにても誉る詞を世界の鉄砲洲といひ侍りければ」云々と見えるが如く、もはや日本一や天下一や三国一では誉めかたがきかなくなったところが面白いのである。西鶴も『一代男』巻四にこの語をつかったが、別段の成語としてではないらしい。

貞徳の『油糟《あぶらかす》』は寛永二十年の刊行であるが、「おれずまがらずとほらざりけり」の前句に附けた五句のうち、

爰《ここ》になし南蛮人の剣のかね

と南蛮鉄をきかせたところは日本の近世刀剣史にも一つの資料にもなろうか。同じ年の『淀川』すなわち『新増犬筑波集《しんぞういぬつくばしゅう》』には、タバコの句にその註が添えて出ているのは、珍しくないが、「琉球国はらくなあきなひ」という句をよんで、「まうくるも又まうくるも女子にて」という句につけている。琉球の句は『鷹筑波《たかつくば》』や『紅梅千句《こうばいせんく》』に一句ずつみえている。『正《まさ》章千句《あきらせんく》』に蝦夷の句が二三句出ているのと呼応するわけである。貞室の『正章千句』すなわち『千句《せんく》独唫之《どくぎんの》俳諧《はいかい》』は貞徳を判者として正保四年に成り慶安元年の刊行であるが、それには私の愛誦する連句があるから左に引く。

かたきもつ身のなど弓断なる

黒船はゑげれす舟のあひ近み
俄に風のかはる洋中
みんなみの空に陰気な雲たちて
覆ひきざるや補陀楽の山

慶長元和のころ葡萄牙《ポルトガル》西班牙《スペイン》の黒船が新来の阿蘭陀《オランダ》英吉利《イギリス》の船を海賊船としてかたきのようにしたのは『異国日記』や『外蕃通書《がいばんつうしょ》』などによってうかがわれ、セイリスの日誌等にも明記してあるので、当時の列強が東海南洋に角逐しつつあった模様を示すばかりでなく、末の三句の如きは日本の南洋詩では異彩を放つものと思う。

枕上の時鶏に夢をさまされて
南蛮人の月をみるさま
冷しとせいたかをとこ笠をとり

との附けかたは蕉風の方から見ればともかく、南蛮趣味からいえば興味が深い。明暦元年刊行の『紅梅千句』にも同趣の句は応接に暇ないほどである。時計、ビイドロ、鉄砲、石火矢、それらはさておき、

のぼりぬる糸巻物に利の有て　　　　安静

繁昌しける長崎の町　　友仙
戸ざゝざる世ぞ下の関かみの関　　季吟

の如き連句は貿易史の裏書となる。鯨の句も貞門には多いが、ここには略そう。

寛永十五年貞徳の判がある西武の『鷹筑波』は同十九年の開板であるが、それにも同様の句があまた見えるが、『正章千句』の英吉利船と南蛮船との対抗がここにも反映しているのに気がつく。

すはやかたきとさはぐ船中
ひつくはへ矢をいぎりすやこはからん

吉利支丹の句もこの集に出ている。

功徳はいづれ法華念仏
吉利支丹ころばんとての談合に
尾もひれもひんとはねたる魚をみて

それより古くは『犬子集』の巻十四に、「あぐる柱はこゝろびさうなり」の句につけて、

はた物となすだいうすに異見して

とあるは磔刑に処せられた提宇子宗すなわち吉利支丹の師徒に異見して転宗せよと迫るとこ

ろである。『油糟』のうちにも、

　迚もしなばいかでか腹を切らざらん
　江戸ぜめにあふ武士のでいうす

とあるのも、吉利支丹の武士が切腹を肯ぜぬことをよんだのである。寛永正保頃の刊行という『仁勢物語《にせものがたり》』に、

　をかし男ありけり、きりしたんの御法度ありて、むさし野へつれて行ほどに、とが人なれば町奉行にからめられにけり、女も男もくさむらのなかにおきて火つけんとす、女わびて

　　むさし野はけふはなやきそ浅草や
　　つまもころべり我もころべり

　とよみけるを聞て夫婦ながらたすけてはなちけり、

とあるのも、江戸の邪宗退治のありさまを滑稽化して写しておもしろい。浅草に邪徒を処刑したことは記録にも出ているところである。

貞徳が『慰草《なぐさみぐさ》』巻八において、六時礼讃の由来に関して、評語を下した条に、

　今の時代にありしだいうすばらひなどをもよくしるし置たき儀なり、末の代にいたりて

かの南蛮より来りてかの法をひろめむに当時の御成敗をしらざる日本人めづらしく聞いれて此国をかれらがとらん事うたがひなし、心あらむ人はねん比に今ある事を書置て面々の子孫にのこさるべき儀なり。

と記るしておいたのは、「吉利支丹の日本にいりたりし時は京衆牛肉をワカとがうしてもてはやせり」（巻四）と京都で牛肉をたべた話とともに、私が既に述べたことがあるが、ワカとは葡語のvacaで英語のビーフにあたるのである。こういう外来語もすたれて後世にはきこえない。貞室の『片言』は慶安三年の編であるが、総じて南蛮言葉唐人口などはいささかも使用すべからずという制定などを設けて排斥し賀留多《カルタ》用語なども避けるようにしたらしい（巻二）ようである。ただし重頼の『毛吹草』を見ると、カルタ関係の語も附合すなわち連想語句集中に加えてあるので、そう厳しい制定が行われたわけもない。蕉風の句にもイスすなわちイスパダ（剣の葡語）がよみこまれてもいる。

『毛吹草』は寛永十五年正月の序があり刊行は少し後れるが、巻の三の附合の部を見ると、「流るゝ」、「虫」、「剣」、「袷」、「絵合」などの語に「かるた遊び」を附合わせる一例にしてあるが、その中の剣を南蛮人につけあわせてある。これは前記の『油糟』にも一例を見出すのである。なお『毛吹草』には南蛮酒や南蛮菓子が出ており、シャボン、マルメロ、ボブラ、チャウ、カッパなどの如く衣食に関する外来語が散見する。『貞徳文集』はやはり慶安版の稀覯書《きこうしょ》であるが、それにも南蛮の事物がちらほら見えるのは不思議でない。

さて話が吉利支丹にもどるが、慶長十七年の跋のある刊本小瀬甫庵《おぜほあん》の『童蒙先習《どうもうせんしゅう》』の巻七に、可楽物と題して、「邪なる法の漸うすく成行は」とあって、

病の邪気去が如し、邪法を撥揮せんには、しゝびしほに成侍るとも、君のため民のため万代のためならば、せめうたんに邪法おのづから薄く成なんは、楽ても猶余りあり。

儒学と愛国のがわよりの異端排斥の意気ぐみさかんであるが、これを羅山の『排耶蘇《はいやそ》』の文や貞徳の『慰草』などと連関して面白く感ずるのである。

談林派の方でキリシタンとかバテレンとかオランダとかいう文字を書名や流派名につかって互に排斥しあっていたのは延宝年間であるが、この派の人々は紅毛の名前をつかうわりにはその事物をよみこんだことは少ないようで、貞徳派の異国的なのには遥かに及ばない。世界の図については西鶴一派にも「恋病を思へば世界の図法師ぢや」（山本西六）などの駄洒落がある。

蕉風においても芭蕉自身に蘭人に関する二三の句が見えているが、それらは趣味からいえばむしろ蕉風には遠い。其角には紅毛人をつかまえて、「紅毛来貢の品々奇なりとして」と

題して、

桐の花新渡の鸚鵡ものいはず

の名吟がある。かつては延宝七年の『江戸蛇之鮓』に、言水が、

びいとろ障子恋へだつ春

とよんだ一句は、芭蕉の、

阿蘭陀も花に来にけり馬に鞍

という人口に膾炙した俳句とともに載せてあるが、其角の水戸黄門の硝子の御茶屋にて、

水の工み酔顔清し氷茶屋

と題した飄逸は蕪村を想わしめる。其角が元禄三年選集の『たれが家』に、次の連句のあるのはむしろ珍しい。

人質かへす命うたかた　　其角
沈着耶蘇《ゼス》も陡徒《ゼウス》もころぶ也　　才丸
歩《カチ》くるしげに恥るはら帯　　嵐雪

嵐雪の『玄峰集』には、『四十二国人物図』か『山海経《せんがいきょう》』の挿絵でも見たものか、題詞の長いのをそえて、

紀の山紀の海にいり江に入る、禹益の水を治めて異物をしるせる海外山表のありさま、ルスン、カボチヤなどいふ遠津島の人がらは画にのみ見たり、南のえびすの洞にかくれ、いはほに走るを鬼にもせよ人にもせよ、こゝろおかるゝ旅寝なり、

蛇いちご半弓提げて夫婦づれ

の面白い句がある。去来に至っては、長崎には縁故深きにもかかわらず、異国情趣の句は殆どないといってよいくらいである。長崎の丸山にて、「いなづまやどの傾城とかり枕」と、『去来発句集』のみならず、『風俗文選』にも「後の丸山賦」を添えて載せてある名句はあるけれど、異国ものをあしらったのにはカルタに関する俳句に、

手一杯ユスのカルタや躑躅山

という赤い色にてあらわしてある剣の形すなわちイスパダをよんだものがあるにすぎない。卯《う》七《しち》の『渡鳥集《わたりどりしゅう》』にも卯七の千句興行に、

錦積む町も奥あり里神楽

という妙にひねったところを吟じたのが私の眼についたくらいである。しかし去来が元禄三年長崎にあこがれ卯七を夢みて、「これより南にゆくの心せちに出たり」とて、

長崎のながきも訪はん雲霞

と吟じたということであるが、私はこの一篇の真偽に多少の疑いはもちつつも、それを録せるいわゆる『去来文』なるものは愛誦しておかないのである。南国の郷土に憧憬したあの意気はうれしくてたまらぬ。

天明時代の句にも異国情趣のただようものがないではない。召波《しょうは》の『春泥句集《しゅんでいくしゅう》』にこんなのがある。蘭船の帰帆を吟じたのである。

石火矢に出行船や霧のひま

大江丸の『俳懺悔《はいざんげ》』にも同趣の句がある。

石火矢に船出す春の行くへ哉

春と秋との相違ではあるが、詩作はとにかく、事実からいえば秋の方がかなうわけである。大江丸が駝鳥に対して、

桐ちるやみぬ唐土の鳥はみせ

とよんだのは、其角が桐の花に新渡のおうむをあしらったのに比べてどうか。蕪村等が安永二年の歌仙に、

ともづなは只かりそめに結ぶらん　几董

月おぼろなる紅毛の顔　一音

散華を案じ〳〵て寝てしまひ　　春　堂
春やむかしのふるさとの味噌　　蕪　村

前二句はやはり召波や大江丸の俳句と同工で帰航の蘭船をうたったものである。すでに延宝の『長崎土産』に、「早きもの、品々」とあって、その中に阿蘭陀の帰帆がある。惜しまれたにちがいはない。「あすは船出る何とせうぞの」などと『松の葉』に見えている情致はどこでもかわらないものだ。ただし加賀の樗庵麦水《ちょあんばくすい》が明和安永年中出島の蘭館に宴して七月十五日の月を賞して、

いざたまへ豕名月と興ずべき

の句を発したは少しふざけすぎている。詞書はこうである。

長崎に遊びし日、故ありて紅毛館に入る、出島の台にヘトルの役アルメナヲルトと宴する事ありて、其日は文月の十五日也、宵の月甚だ明かなりし、

ヘトルは葡語 feitor で甲比丹《カピタン》の下役、Armenault は明和安永の交に在任した人で、進んで甲比丹ともなって、事蹟ものこっていたかとおぼえている。

何で見たか忘れたが寛政十年春の刻本に『阿蘭陀鏡』という俳書があるようであるが、『俳諧書籍目録』にも載っていないから他日調べてみようと思う。延宝年中の『阿蘭陀丸二

番船』などというのと趣を異にしているにちがいない。

（一九二六年七月「新小説」。全集第十一巻所収）

ちゃるめら

滅びたものはなつかしい。廃《す》たれたものには情がひかれる。昔、西洋から伝わった楽器のうちにチャルメラという喇叭《ラッパ》のような吹管楽器がある。今でも片田舎などには聞かれるであろうが、都会でもつい近頃まではよく飴屋などが吹いては頑是ない子供らを寄せあつめていた。江戸時代には唐人笛とも唱え、時にはラッパと同じに見做されたこともあったが、どこかに田舎びたような、いくらか異国の感じを起させるような、物がなしそうでまた悠長な響きをもっていた。幕末のころは軽業師なども使っていたという。無論最初伝わった本場は長崎あたりであったに違いない。

長崎では九州の他の地方と同じくこれをチャンメラと発音して、チャンメラ吹きと称する職業もあって、毎年正月中には、この楽器とともに銅鑼《ドラ》や片張の太鼓《たいこ》をたたいて市中の家々を歩きまわったという話である。なお『長崎歳時記』によると、チャンメラを吹きあるくものは、無刀で古袴を着ていたので、役懸りの者で袴の古ぼけたやつを穿いているのを、諺にチャンメラ吹きとあざ名したものだとある。これは今から百二三十年前にあたる寛政年代の風俗である。その外、長崎では唐人の葬式のとき、葬列でこれを奏したものだ。今でも支那ではそうだと聞いておる。

支那では明末以来この楽器の名が文献に出ている。万暦以後の辞書などに見えているが、あるいは正徳嘉靖の時代に葡萄牙《ポルトガル》の船舶から南方の港などに伝わって広がったのではないかとも思う。嗩吶《さのう》とも鎖吶《さのう》ともその他いろいろに文字をあてている。『辞源』には、もと回族の用いたもので、原名を蘇爾奈《スルナイ》というと出ているが、あるいはそうかもしれぬ。『三才図会《さんさいずえ》』によると、本何れ《もといず》の代に起るかを知らず、軍中の楽であったが、今は民間に多く用いると記してあるから、万暦以前久しい伝来であるとすると、南蛮伝来説は間違いとなるわけである。こういう考証は他日別にすることとして、とにかくこの鎖吶は、軍中の楽器としてなり、民間の楽器としてなり、近世支那に用いられ、やがて日本にも伝来したのであるが、この漢字で書き伝えられたものは、『羅山文集』に出ているのが最も古い。

羅山が慶長十五年長崎の港内で起った有馬氏の媽港《マカオ》船撃沈事件を叙した文章に「長崎逸事」という記事があるが、その時敵船の中に、嗩吶や喇叭などを奏して大騒動をしたという。ただしその文字を誤って口扁に質の字としてシットツと振仮名をつけてあるくらいであるから、よしや後年の板本の誤りであるとしても、慶長年代にはまだ珍しい楽器であったに違いない。これは軍楽器としてであるが、徳川時代を通じて江戸城に参見に来た琉球使節が、城中で演奏した歌舞にもそれが毎度用いられた。また朝鮮使が幕府に参賀に来たときにもまた途中にこれを吹奏した。朝鮮ではこれを太平簫《たいへいしゅく》と称えた。いかにもその響きに泰平の趣が味わえもしたろうが、朝鮮では李朝の初めに西北地方からこれを軍楽として伝えたというから、支那におけると同じく南蛮伝来でなくて北狄西戎《ほくてきせいじゅう》系統という考えを強める一資料になるかもしれない。

物と名とは往々くいちがうことがある。さればチャルメラという名は、たしかに葡萄牙語の転訛であるが、後世支那から伝わった同種異系の嗩吶を、このチャルメラという名で呼んだというのも怪しむに足らぬ。村上直次郎氏は嗩吶のサナは、チャラの音を写したものと考えられた。当時ラ行とナ行との混同は、南支那ないし南洋南蛮等によく起った転音例でもあり、チャの音をサであらわすこと、またはシャ音サ音に訛《なま》ることもあるから、この音訳は不可能ではないが、未だ全然肯定しては早計であろう。

葡萄牙語では、この楽器をチャラメラという。印度西辺の某方言では、訛ってチェルメルといい、南洋の島々でチャラメレといっている処がある。いずれも葡萄牙語から出ているのだ。したがって日本のチャルメイラないしチャンメラという語の存在していることは、最初この楽器が、いかなる種類の楽器であったにしても、葡萄牙から伝わったということを証明しているわけであるが、江戸時代に行われたこの楽器が、どの場合のでも、すべて葡萄牙伝統のものだと極めてしまうのは間違いであって、大部分は支那系統のものだと見ねばなるまいと思う。ただその支那において何時何処《いつどこ》から伝えたものか遠い遠い起源に遡っていくと、どこかで南方系統のと契合するところがありはせぬかという問題が残るだけである。

支那に居る西洋人はこれを支那のクラリネットと呼んでいる。いかにも相当な対比である。古く日本ではラッパとも混同していたことがあるが、まず喇叭の一種と呼んでもゆるされるであろう。葡語のチャラメラは仏語のシャリュモー、英語のシャルムまたショーム、独語のシャルマイに当るので、語源は拉甸《ラテン》語のカラムスにまで遡るので、単に管という意味であった。中世期まで普《あまね》く用いられたが、だんだん進歩して遂にオボエにまで発達してしまった。これらの吹管楽器の沿革については、専門家を煩わすより外はないが、古いところのものは東洋のチャルメル、あるいは哨吶と構成が似ている。よく古画には見かける図であるが、一寸《ちよつと》その恰好が同じように見える。遥か昔に遡ってゆくと、牧羊神パアンが吹く笛にまで達するので、近世のオボエ式、またシャルマイ系の吹管に進まずに、うぶな姿、おさない時代の名残をとどめたままの牧笛風のものは、後代もあちこちに伝わり、時勢おくれの遺韻をひびかせておる。パアンの笛の調べは、上田柳村《りゆうそん》の名篇であった「牧羊神」の長詩にも見えて、人の知るところであるが、その題名の詩集のうちに、別に「ちやるめら」と題して、すたれた唐人笛の古韻をしのばせた一曲がある。

薄日のかげも衰へて、
風冷やかに雲低き
鈍色空《にびいろぞら》のゆふまぐれ、
はづれの辻のかたすみに、
ちやるめらの声吹きおこる。

という句で誘い出した悲哀の曲の揺曳《ようえい》に

みそらかけりて、あの山越えて、
越えてゆかまし夢の里、
よしや、わざくれ、身はうつし世の
栄にまぎるゝとがめびと、
有為の奥山、路嶮し。

かくて夕暮となって飴屋の声にそぞろいだ子供心もおのずからチャルメラの末の曲に涙をさそわれるという一ふしで終っている。これにつけても想い起されるのは、ルッソーが十二三歳のころ好きなおばさんから聞いた俚謡の一節「楡の木のしたでおまへのシャリュモーを聞くのはいやよ」とあるのを、年老いたのち、おぼつかない記憶のままに『懺悔録』にかきとどめていることとである。

西鶴は『好色二代男』の首《はじ》めの方に京都六角堂の門前の景を叙して、「此所は洛中のお乳の人の集り遊ぶ所なり、銭太鼓唐人笛の響き竹馬の鈴の音もの騒がしき中」と、ざわつく大都の一区域の地方色を出す処にこれをあしらっておる。祇園町の十替り踊りの光景にも、「喇叭ちやるめら万《よろづ》の物の音」とやかましい刺戟的な騒音のように聞かせておる。巣林子《そうりんし》は『国性爺《こくせんや》合戦《かっせん》』のうちで、千里が竹の戦陣に、「怪しや数万の人声攻鼓攻太鼓喇叭ちやるめら高音を反しひやう〳〵とこそ聞えけれ」と軍楽に使っている。こんな騒々しい形容では、しんみりとした気分は浮ばぬが、この楽器の形に因《よ》って名づけられたチャルメル草という草花のあることを附記して昔を偲ぶよすがとしたい。

享保十八年に江戸の或る園芸家が出版した『地錦抄《ちきんしょう》』附録に「チャルメル草、花形五葩《は》に切りさきてしやぐまの如く唐子のかぶり物に似てかきいろ、三月上旬咲く、落花の後、実の形また五葩の花の如くほそ長く唐人笛に似て花実ともに異形なり、葉は地に敷きてしげり、表は海松《みる》茶にて裏はむらさき色なり、秋は紅葉する、冬もかれず不断ながめあり」と見えている。このチャルメル草は「虎耳草」と書けばおそろしいが「雪の下」といえば気持ちのよいあの草花の一種である。『地錦抄』にはかわゆらしい図があるがここには割愛する。

（一九二二年七月、初出不明。全集第五巻所収）

昴星讃仰

夏の夜更けに織女と牽牛とが銀河を隔てながらしめやかに西をさして動いてゆくと、かささぎならぬ白鳥は翼をひろげ首をのばして、さも二人の仲を隔てようといらだって天の河を南に突進しようとしつつも、これもやはり宿命に曳きずられて私たちの頭の上を西の方へと越してゆく時分、もう北冠の珠の飾りは大角星に引っぱられて遥かあなたに薄くなってしまい、こなた東のかたを仰ぐと天馬の形相がいよいよ高くなって見える。もう星の品定めも一とおりついて少し退屈になって来るころ、比叡山の方からあらわれて来た馭者《ぎょしゃ》座の主星がきらきらして更けゆく空の単調を破るかと思うと、東山の上をかなりのぼってお待ち兼ねの七つ星らしい一むれが見えそめる。もしや眼の迷いではないかと疑われるばかり最初はちらついてはっきりそれと定めがたい。舞子の花かんざしの銀のぴらぴらか、天女の瓔珞《ようらく》のゆらぎかと、暫しはかわゆらしさに気を取られる。「澄んだ闇の空をのぼつて来て、銀糸にからみつけた螢の一むれのやうにちらつく」とテニスンが形容したそのスバルを今夜見つけたのだ。ほんに銀の螢籠を高く夜の空に吊るしたように見える。

私たちの気のせいか、清少納言が『枕草子』に「星は」と題して、まっさきに「すばる」の名をかかげたのは、まんざら筆まかせではなく、敏感な女性の眼にこの星がえならずうつくしいと映じたためではなかったか。いやいや、それなら得意の筆法で何とか一ことありそうなものと打消されそうでもあるが、無意識にその名が劈頭に筆端をほとばしったその奥底に何やらわけがありげだと思いたくてならぬ。この『草子』には星の名を五つ数え立てたが、一時代以前の源順《みなもとのしたごう》が勤子内親王に書いて上げた『和名抄』には、星に関する名称を七八つ掲げてある。そこにもスバルは漏れなかった。して見ると、平安朝の中ほどには、歌や文にこそ現わされなかったけれど、民衆の眼についていた知名の星であったことは争われない。さるにても『万葉』以来七夕を詠じた無数の歌があるに反して、このかわいい一むらぼしが、因襲とはいいながら、一人の作家をも有《も》ちえなかった不幸を私たちは悲しんでやりたい。そこでこのいとしい星を先頭に出してくれた清女をたたえずにはおられぬわけである。この惘むべき星の名は、歌詞には度外視されたから、例えば順徳院の『八《や》雲御抄《くもみしょう》』にも上げて戴けなかったのは当然な運命で今更愚痴もいえぬ。

『旧約聖書』の「約百記《ヨブ》」に、爾《なんじ》すばるの緒を結いつけ得べきかという意味の文句があって人のよく引くところである。しかし日本語でスバルという語は、元来スブル（統括）シバル（繋縛）などの語と同源で、スベラギ（天皇）等のスベラともまた同じ語根から出たのだから、初めから散りぢりなものを統べくくってある形になっている。すなわち連珠とも呼んでよかろう。星の名としてこんな美しい名まえが、またと他にあろうか。近世になるとムッラボシ（六連星）という異名がこれに与えられた。こんな称呼よりも上古以来伝統の正しいスバルという名の方がどんなに好いか知れない。一体スバルは肉眼の利き方によっては六つにも見え七つにも見えるので、西洋では古来七ッ星と唱えているが、日本ばかりでなく、印度や支那でも或る時代までは六星と数えていたことがある。唐の不空三蔵の翻訳で弘法大師の将来本として名高い『宿曜経』によると昴を六星としてある。唐代はもとより漢代においても既に七星としてあるにも拘わらず、印度の天文学では六星となし、スカンダ神の乳母六人に見たてて、その名をクリッティカー、音訳して迦提といった。火神の子供を守り立てる六人の御乳《おんめ》の人《と》に擬してあるのは、希臘《ギリシャ》でスバルをアトラス神の七人娘として美わしい神話が出来ているのと比べると、面白い対照であるが、私たちは保姆とするよりも少女とする方がふさわしいと感ずる。七人娘のうち一人の娘が隠れたという物語も希臘にあったくらいだから、スバルを六星としたり、あるいは七星としたりするのは古今東西その揆を一にするといってよい。支那でも六星と考えたことがないではない。またアイヌ語にイワンリコプという星の名があることは『藻汐草《もしおぐさ》』という文化初年の辞書に出ている。イワンは六でリコプは星であるから、あるいはこれもスバルのことかとも考えられるが確かでない。

近世の書物にも稀にはスマルという語形が見えるが、これこそ古語を伝えたもので、スバルというのは中古以来の形なのだ。上古の麻行音が婆行音になる若干の語例に照して、上古のスマルが中古に至ってスバルに転化したことは直ちに首肯されるところである。星の名ではないが、玉の一聯を上古タマノミスマルといった。『古事記』に美須麻流之珠と書いたのを『日本紀』の方には御統としてある。『記』の歌にも多麻能美須麻流と詠んである。『万葉集』の歌にも「頂きに著須売流《きすめる》玉《たま》」という句がある。珠玉は上古の純日本式装飾であるから、これらの文句は、直ちに私たちに太古上代の風俗を想い起さしめずんば止まない。五百箇御《イホツミ》統《スマル》などというその意味、その響き、何という美妙な表現であろう。それが延喜六年の『日本《にほん》紀竟宴和《ぎきょうえんわ》歌《か》』にはイホツスバルとなっているから、星の名の方でも、やっぱり同様な音声変化が起ったものだと考えてよろしい。

　平安朝以前には星の名としてのスマルは、直接文献にあらわれて遺っていない。しかし延暦二十三年の『皇太神宮儀式帳』に天須婆留《すばる》女命また須麻留《すまる》女神という女神の名が三ケ所（渡会郡神社）に見える。この女神こそ昴《スバル》星の象徴に違いないと私は思う。ただし『延喜式』の「神名帳」には須麻漏売《すまるめ》神社となっているが、その座は多気郡の方にある。言語学的に観て面白いと思うのは、延暦年代のちょうど過渡期にスマルとスバルとの両音形があらわれていることである。『延喜式』の神社名は古形を伝えているに止まるものと見てよかろう。さてこのスマルメの神という女神は、『儀式帳』によると大歳御祖命《おおとしみおやのみこと》とも縁故があり、倭姫命とも因みがあるところから推して農事に関する神ではなかったかと想像する。『記』『紀』の「神代の巻」にはあらわれて来ず、以後の古典にも説いてないから神祇史に通ぜぬ私たちには確かなことは言えないけれど、どうも秋の収穫に縁のある女神らしいように思う。すなわち私は須麻留女神を昴女神と解しておきたいのは、このスバル星は東西ともに農耕に結びつけられ、しかも女性に擬せられているからである。もっとも『釈日本紀』に引く『丹後国風土記』には、水の江の浦島が亀比売《ひめ》すなわち乙姫様に伴われて龍宮に赴いた時、宮門に出迎えたスバル星の化身を七豎子《じゅし》としてあるが、文字通りに解すれば、直ちにこれを乙姫に扈従する女童としてしまうわけにはゆかぬかも知れぬが、まあ概してこの可憐な星を女子に見立てるのに誰も異論はあるまい。珠を聯ねたミスマルのようなスバル星が六七人の女神として少女として擬人され、またそれが農事に繋がっておるとすると、よしやそれが支那の天文学的智識と没交渉であったところで、日本人の天体に関する純古の想像を表現したものとして、うぶであるだけかえって興趣が深いのである。私の考えでは、スマル星は農耕時代の上世日本人の幼ない天体観察から知られ、また、あるいは三韓を通じ、あるいは直接に支那天文学の影響を受ける以前の命名にかかるものだと見るのである。上世日本人が見分けた恒星はひとりこのスバルのみに限らなかったであろうけれど、かかる愛すべき名をつけられた星、かく神格化された星、かくばかり農民に親しまれた星は、我が国の天文界にあっては格別の取扱いを受けた果報者であった。

秋から冬にかけてスバルは日没または宵の口に西へと一晩毎に高く見えて来て人々の眼に慣れる。『尚書堯典』に、日短《ひみじかくして》星見《ほしあらはる》、以正仲冬《もつてちうとうにただし》とあるのも、冬至をさすので、それから『大戴礼記』の「夏小正」を見ると、四月昴則見《あらはる》とあるから、スバルは仲冬に中し、それから早く西に没して、夏正《かせい》の暦の四月に再び東に見えはじめるのを、支那でも古代から注意したことがわかる。『詩経』の「国風」一、召南の一に小星と題した五句詩二章がある。

嘒彼小星《けいたるかのせうせい》、三五在東《ひんがしにあり》、肅肅宵征《しゆくしゆくとしてよるゆき》、夙夜在公《しゆくやこうにあり》、寔命不同《まことにめいおなじからず》、
嘒彼小星《けいたるかのせうせい》、維《これ》参与昴《とばうと》、肅肅宵征《しゆくしゆくとしてよるゆき》、抱衾与裯《きんとちうとをいだく》、寔命不猶《まことにめいおなじからず》、

参はミツボシで、オリオン星座の三王座、俗にオリオンの帯という名高い星だ。これも東西の古典に有名であるが今は詳説せぬ。「国風」の召南にはこの二星を題材にしてあるが、西洋ではオリオンは、七人娘スバルを追っかけて東から登って来る猟夫《さつお》となっている。希臘では太古農民詩人ヘシオドスが英雄詩人ホメロスとの歌合せにスバルを歌って、みごとに勝を得た話がある。「希臘歳事記」（とでもいおうか、「日々《ヘーメライ》の仕事《エルガ》」とでも題そうか）の中にも同

じ文句が見えている。
アトラス神の七人娘スバルが上つて来るころ、爾の収穫は始まり、それが沈んでゆくころ、爾の耕作は始まる。四十昼夜この星隠れ、さて歳一周りして、爾がその鎌をとぎだす時分に、再び見《あら》はれる。
こんなにスバルは農民に親しまれた星である。東に上って来るのは五月、西に没して往くのは十一月とされていた。支那にも大昴中して芋食すとか、仲冬昴星中して芋《う》を収むとかいう俚諺もあるという。日本でも近代信州の俗諺に、「スバルまん時粉八合」といって、スバルの中する時蕎麦を植えると一升で粉が八合取れると農家でいいはやしたそうだ。こういう俗説が今も信州その他の地方にあったら知りたいと思っている。この俗諺は今から百二三十年前寛政時代の言草であるが、同じ頃の大和にも農民が星を観察して種蒔などの時を定めたという話がある。それは京都の老学者畑維龍の『四方《よも》の硯《すずり》』という随筆中（月の巻）に見える話で、それによると、
星象を見ることは農民よりくはしきはなし。大和の国は水のとぼしき処なれば四月比より夏中農民夜もすがらいねずして星の象ばかり見て種おろし、あるひは夜陰の露おきたるに苗のしめりをしり、米穀の実のるとみのらざるとを、あらかじめ知る事なり。その

星にカラスキボシ、ヒシボシ、スバルボシ、クドボシなどやうの名をつけて某の星は何時に何の位にあらはれ何時に何の方にかくるなどいひて、その目づもりにてはかること露たがはず。

とある。上古の大和の遺風とも考えられる。外国から影響された天文学や星辰崇拝ないし星辰伝説とは全く起源を異にするに違いない。カラスキボシは参《シン》で、オリオン座の三ツボシであるが、近世以降の文献に見えるだけで、上古中古の典籍には録してない。ヒシボシおよびクドボシのことは未だ考えない。

近世の事情から上古を推すると、スバルは農民に注目された星で、ああいう美名を与えられ、更に天須麻流女命といって農耕に関係ある女神とされたのであろうと思う。希臘語のプレイアデス（それから英仏語また独語のそれが出ておる）の語源には二説ある。一はプレオーンすなわち衆多という義だという説、これは日本のスマルまたスバルとやや似た意味だが、国語の方には衆多の統一という意味があるだけ優っている。第二の説は、希臘語でプレオーという語は、航海するという義で、スバル星の東へ上り西へ沈む期間（五月―十一月）が航海季節であるから、プレイアデスとは航海星の意だという考えである。この説の方が言語学者間に用いられている。日本でも、この星は舟人にはよく知られた星であった。『物類称呼《ぶつるいしょうこ》』

によると、伊勢鳥羽伊豆の船詞に、十月中旬に吹く北東風を星の出入というが、それは夜明けにスバル星西に入る時に吹くのだとしてある。同書にまた畿内および中国の船人の言葉に、十月の風をほしの入りごちというとある。これもスバル星のことである。その他明治時代にも同様な天気占いがあると見えて、幸田露伴氏の『水上語彙《すいじょうごい》』にもそういう事が載っておる。しかしながら日本の古典上ではスマルは希臘語の場合のように航海に縁のある命名とは言われない。

スバルをまたハウキ星と呼んだことがある。それは『宿曜経』の註釈書に見える異名で、満洲語または同系の東北方言にもそういう称呼があるから、幾らか尤《もっと》もなところもある命名だといってよい。西洋で七つ星といい、昔日本で六連星（江戸）とも七曜の星ともいった外に、関東で九曜の星ともいったそうであるが、もし実際スバルに九箇の星を認めたとすると、すこぶる慧眼だ。何故というに七人娘の外に、父アトラスと母プレイオーネを加えると九人となり、十七世紀西洋の一天文家の所見に暗合するわけだから。

希臘語で鳩のことをペレイアデスといい、スバルのプレイアデスと音が似ているところから、この星の名を鳩の意味だと俗解し、またこの一むら星、七人娘がさつおオリオンに追われて逃げて来たので神様はそれを鳩に姿を変えさせて下さったので、無事に天上することが出来たなどという御伽話めいた昔話も起った。
拉丁語《ラテン》ではこの星をヴェルギリアエと呼んだ。春の星という意だともいうし、また瑞枝星《ミヅエ》の義だともいう。春草木が青々としげり、瑞々しい小枝がすくすくとのびる季節に出てくる星だからそういうのだ。ヘシオドスの文句に見えるところと異曲同工の命名である。これもまた愛すべき名まえというべきである。私たちは、スバルの可愛い姿を讃美する。それと同時に、あちこちにおけるその命名の来歴を考えると感興が更に深い。

（一九二三年四月、初出不明。全集第五巻所収）

星夜讃美の女性歌人

代々の歌集を繙《ひもと》いて誰しも感ずるのは、和歌に星夜の美をうたってないことである。叙景詩としてでなく抒情詩、恋愛詩としての七夕の歌の如きは、日本が盛唐の文学や風俗の影響を受けた後、『万葉』以来の歌に幾千と数えてよいか知れぬほどであるが、もともと捉われた題詠であって、清新の味に乏しいものばかりだ。暁や宵の明星は稀に詠まれたが、暁星《アカボシ》となると、もう因襲的に神楽歌のそれに拘泥してしまって陳腐な歌が多い。それもさすがに『万葉』の長歌になると、朝夕東西に位置をかえて人の眼につくこの金星をあしらいに使ったのが二首もある。その一は巻二の人麻呂の挽歌で、「夕星《ユフヅツ》のかゆきかくゆき」とあり、その二は五巻の雑歌に、「明星《アカ》のあくる朝は」と「夕星の夕べになれば」との二句を対句にしてある。巻十秋雑歌の七夕の題下に、人麻呂の歌と伝えて、

夕星もかよふ天道《あまぢ》をいつまでか仰ぎて待たむ月人壮《をとこ》

という一首があるが、これも珍しい取材である。人麻呂には、構想上更に面白い幼稚ながら壮大な比喩的な歌がある。巻七雑歌に詠天と題して、

天の海に雲の波立ち月の船星の林にこぎかくる見ゆ

とよんだのがそれであるが、詩としては感心せぬ。星を主題にしたものではないが、とにかく比喩に使った点だけでも以上の数首は注目しなければならぬ。巻二に持統天皇が太后のと

き天武天皇の崩御をこう詠まれた御製がある。

北山にたなびく雲の青雲の星離《さか》りゆき月もさかりて

これも星が比喩に用いられただけに過ぎない。

朝日のかがやき、夕映えのけしき、それはともあれ、朧月夜を若《し》くものなきとまでたたえ、秋の夜の月はいうも更なり、四季おりおりの月に吟詠無数であるのに星夜の美をたたえたのはおろか、星々を詠んだ歌は極く極く少ない。平安朝末期から鎌倉時代にかけては、星の歌はやや眼についてくるが、それ以来でも夕づつ（金星）が十首ほど、七ます星（北斗七星）が数首ほか見出せぬ有さまである。単に暁星をよんだのはまだ一つくらいしか知らぬ。しかし院政時代あたりから鎌倉中期ごろまでの歌には、まず和歌史のうちでは絶唱と見るべきものがちらほらある。殊に定家の作や為家以下その子孫の作中に誦すべきものが割合に多い。星の歌とか寄星祝とかいうような題で詠んだ作歌がまま家集などにあらわれているが、詩的価値の乏しいものばかりだ。そのうち応永年中、冷泉家の為尹《ためまさ》が詠じた寄星祝の歌、

曇りなく空にみちたる光かな星の林の夕闇のそら

の如きはいい方である。定家の作には左の三首がある。

星のかげ西にめぐるも惜まれてあけなんとする春の夜の空

そよくれぬ楢《なら》のひろ葉に風おちて星いづる空の薄雲のかげ

冬の木の霜もたまらぬ山風に星の光りのまさりがほなる

季節季節の星の気もちがよく現わされている。その子為家にはこんなのがある。

暮るゝまに出そふ星の数しらずいやましにのみなる思かな

さゆる夜の雲みる星の林より霜吹きおろす木枯らしの風

源家長の左の一首は定家の春の夜の明くるを惜しむ情緒とかわらぬ星にあこがれた名吟である。

夏みえし星の光りぞかくれゆく秋たつ夜半の長きはじめに

夏の夜な夜な見なれた星々を西天に送るのは、何だか心さみしい妙な気分になるものだ。牧夫星座の大角《アルクトウルス》のみ遥かあなたにかがやき、北冠はうすくなり、織女牽牛のめおと星が頭上からあちらへそれてしまい、北十字星という白鳥が向きをかえて、見つけた私たちの眼を迷わす。その代り七人娘のすばるがだんだん高くなり、その後から牡牛のまなこを光らすアルデバアランがついてくるのが、日暮れて間もなく見られるのが楽しみである。定家の歌のうち、春の暁近き星空には何をみとめるか。牧夫は西に沈まんとして、蝎座《さそりざ》の心星は南天に低くきらめき、七夕の二星が、私たちの頭上に高く未来を語らっているのに気づく。夏の夕まぐれにたなびく薄雲の空には何の星々をみつけるか。やはり天頂の棚機と彦星と、やや西の空高く大角が私たちの眼をひく。南には火星と蝎の大火《アンタレス》とが、かがやき、西天低くは明星がひかろう。定家の歌の第三に冬の夜に光りのまさりがおなる星とは何々か。七人娘のすばる星について来る畢星《アメフリ》のアルデバアランか、娘たちを追っかけて上るたくましい猟夫大オリオンか。いやいや大ぞら無比の天狼星のシリウスだろう。双子星もあれば馭者もある。冬の霜夜は星の群雄割拠だ。

星月夜という言草は、いったい月夜を基にして星夜を形容した文句でちと気にくわぬところもあるが、まんざら棄てた名前ではない。散文では『今昔物語』に出ているのが最も古いから平安朝中期このかたの新語であろう。歌には肥後と呼ばれた女性歌人が鳥羽天皇の永久四年の百首（いわゆる『次郎百首』）に星と題して詠んだ名歌が一ばん早い。後世よく人が引く作である。

我ひとり鎌倉山を越えゆけば星月夜こそうれしかりけれ

まことに純直な歌である。暗き夜と鎌倉とをかけた詞の綾があっても、まず星夜の賞美としてすらりと出来た佳い歌といって差支えない。肥後は、肥後守定成というものの女で、皇后宮に仕えた女房であったという。勅撰集中に作歌も多く載せられ、別に『肥後集』という家集も存する。それから一時代数十年ほどを経て高倉天皇の中宮建礼門院に勤めた右京大夫という女房に、星夜を讃美した詞書き附きの歌がある。これが私のここに顕彰しようとする女性歌人の古今独歩な特色である。

この不朽なる建礼門院右京大夫は、代々能書家を出した世尊寺家の女で、権跡と称せられて三跡の一人に数えられた行成卿六代の孫に当る。高祖父の伊房《これふさ》、祖父の定信、父の伊行《これゆき》、兄の伊経《これつね》、甥の行能《ゆきよし》、いずれも書道の達人であって、町田清興《きよおき》の審定した「世尊寺法書」にもその手蹟が存し、古筆切れその他に幾代となく誉れある記念を遺している。右京大夫とは父伊行の官名に由ったものだろうが、祖父定信、曾祖父定実にはその役名が系図に記入してあるけれども、父のには見えていない。父は『源氏物語奥入《おくいり》』の著者としても聞こえ、また『夜鶴《やかく》庭訓抄』という書道の教訓書を作ってその娘たちにのこした。この抄物は彼女一人のためにのこしたとは明記されぬけれども、彼女はじめ姉妹三四人の庭訓に書いたものとしたところで、その中ではこの女性歌人が首《はじめ》であったとしてよいのである。世尊寺家は代々宮殿の額とか大嘗会の御屏風とか、『万葉』や『源氏』また勅撰集の本文または題簽《だいせん》などを書いた誉れのある家柄で、その中にも大は一切経を一人一筆で書いたという定信の如きがある。『万葉』の筆者には行成はじめ、その孫伊房があり、殊に伊房は仙覚律師が校定の『万葉集』に用いられた二種の古写本の筆者であった。父伊行や兄伊経にも現存の某々万葉切の筆者が擬せられておるくらいだ。こういう伝統の家に彼女は生まれあわせたのである。されば『右京大夫家集』の中にも亡き兄のために阿弥陀経を書いた時に詠んだ歌や、父伊行のもとで手習をした人の筆蹟を宮中で見て往時をしのんで作った歌もある。俊成卿九十の賀のおり、後鳥羽院より賜わった袈裟に女歌人宮内卿の作を彼女は勅により紫の糸で文字をぬいつけたことを「昔のことおぼえていみじく道の面目なのめならずおぼえし」と後年追懐して『家集』に書いた。その外、手習のことなども集中になお一二散見し、読む者をしてさすがにとその家筋を想い起させる。

この家には『新古今』以後の勅撰集に四十七首を収められた行能の如き作家も出で、その父祖伊経、伊行、伊房も勅撰集また歌合などにその作歌は見えるものの、取りたてるほどの名吟もきこえない。ただ『右京大夫家集』に至っては、時の女流作者の集とは選を異にし、歌そのものよりむしろ詞書が豊かであって、あたかも『平家物語』の小さな縮図とも見えるところから明治晩期になって、史学者歌学者の推奨を受けるようになった。文は真情の流露を主とし技巧の勝れたところはないけれど、かえってその閲歴から湧いた純な感じが表現されているところに特色をもつ。少くも六十歳を越えた承久嘉禄頃に三四十年前の事の追憶を書いたもので、大体首尾一貫し年次もほぼ立っている点も他の家集とは相違している。自作の歌は約三百首あって他の五十余は他人の作である。「家の集などいひて歌よむ人こそかきとどむることなれ、これはゆめ〳〵さにはあらず、たゞ哀れにも悲しくも何となく忘れがたくおぼゆることどもの、そのをりをりふと心におぼえしを思ひ出らるゝ儘に我が眼ひとつに見んとて書きおくなり」と書き起して、平家全盛の時代からその没落に至るまでの栄枯を中心に愛人資盛との生別死別より、重衡の捕われ、維盛の入水、さては女院を大原にたずねまいらせた悲しき秋を経て、心苦しさに堪えかねて都を立出でて比叡坂本の辺にさすらえて大雪に大内の橘をしのぶあたり、はては再び後鳥羽院の宮中に仕えて、『徒然草』に指摘してあるように、「世の式もかはりたることもなきに」ただ自分の心の中ばかり砕けまさる悲しさを訴えたくだり、終始緊張して読まれる。平家西海に沈んだ同じ年の暮と思われるが、坂本にしばし仮りねをしていたころの一節に日本文学絶無の文字が味わわれる。

十二月一日ころなりしやらん。夜に入りて雨とも雪ともなくうちちりて村雲さわがしく一つにくもりはてぬものから、むら〳〵星うちきえしたり。ひきかつぎ伏したるきぬを、更けぬるほど、丑二つばかりなどにやと思ふほどに、ひきのけて、空を見あげたれば、ことに霽れて浅黄色なるに光りこと〴〵しき星の大きなるが、むらもなく出でたる、なのめならずおもしろく、縹《はなだ》の紙に箔をうちちらしたるによう似たり。今宵はじめて見そめたるこゝちす。さきぐ\も星月夜見なれたる事なれど、これは折からにや、異なるこゝちするにつけてたゞ物のみおぼゆ。

月をこそ眺めなれしか星の夜の深きあはれは今宵知りぬる

題詞の文といい歌句といい際立った巧緻をみないけれど、率直に天象を叙して星夜に感激し「たゞ物のみ覚ゆ」と意味深長に余韻を含ませた筆致は、幾度読んでも飽きない。かくの如く星夜を讃美した叙景抒情兼ね備った文字は、国文学史上の絶唱といっても過言ではあるまい。『玉葉集』巻十五雑歌二にもこの歌に「闇なる夜、星の光殊にあざやかにて晴れたる空は、縹の色なるが、こよひ見そめたる心ちしていとおもしろく覚えければ」と題して録してあるのはうれしい。しかし明治以後の国文学史家は、この家集をさえ見すごしてしまったくらいであるから、たまさか取上げた先覚者でもここの一条の如き佳篇をさまで珍重してくれなかったのは、余儀なきことであろう。

ここに十二月一日とあるは多分文治元年のことと思う。月輪兼実の日記『玉葉』によると、その年十一月二十八日から十二月二日までの五日間、陰晴不定と見えておる。その十二月一日は太陽暦で十二月三十一日に当るから、まず翌年陽暦の正月元日あたりの星の図をくりひろげて七百五十年の昔をしのぶのもまた一興であろう。

元来冬の夜は星の観賞に最もふさわしいとされている。星夜の美観は冬に優る季節はなきにしても、それも宵の口のことであって、深夜には天界の模様もかわるし、天文家か格段の物ずきでなければ、観象など出来にくい。したがって『右京大夫集』に見える深夜讃美の一節の如きも、深夜の丑二つ、まず午前二時頃の星界の模様として想像に画いてみなければならない。宵には陰晴定まらず、曇りはてもせずに星々が雲間に隠見した有さまであった。大オリオンの星座にせよ、天狼と名にしおうシリウスにせよ、可愛ゆい双子星にせよ、はなればなれに姿を現じたり没したりしていたに違いない。雲のたたずまいに心おちつかず、星のみえがくれに気がめいってしまい、枕に就いても寝つかれず、とうとうやるせなさに堪えかねて午前二時ごろと思うころ、臥床をぬけ出て空を仰いだ。真夜中の天はすっきり宵とはかわっていた。浅黄色に澄みわたった空に、異常な光りの大星どもがまんべんなく出ている。オリオンはもはや西に傾いてしまい、山に隔てられて見えなくなっていたろう。シリウスもおぼつかない。双子星などはどうであったか。西の方の眼界が不自由なのに反して、東と東南の方は、湖水からあちらへ、広々と展望がきいたであろう。牧夫座の首星たる大角《アルクトウルス》は必ず東に上っていたに違いない。乙女座の角《スピカ》ももう姿をあらわしていたかと思う。獅子座のレグルスは無論だ。北向きに天辺を仰いだら、大熊星の北斗が横わっていたろう。すべてこれらの一等星二等星をはじめ、物すごいほどに光りがさえざえした大星は、西海に没したかたがた、さては愛人とその一族たちの霊魂ではなかったか。西へ沈みゆくオリオンとひきかえに東にあらわれる蝎《さそり》の眼、なかご星（心宿、大火《アンタレス》）が東南の天低くぎらぎら輝いていたら、彼女はどんなに悩まされただろう。「たゞ物のみおぼゆ」では感じの表現がよわすぎるけれど、如何せん老後の追憶であるから、まずこれほどの情趣をよくもこんなに叙したものだと感ずるの外はない。

さすがに彼女は世尊寺家に生まれた女性であった。物すごい深夜の星の景を写すにふさわしい詞を忘れなかった。縹色の紙に箔をうち散らしたようだと星ぞらを形容した。この一句のために右京大夫の個人的特色がおのずとよく現わされた。家柄はさすがに争われぬと感じさせる。縹紙に金箔を砂子のように散らした模様を連想したのは彼女の場合ほんとに活きた比喩である。世尊寺流の手にも似かようといわれる『藍紙万葉』を私たちに想い浮べさせもし、追福に書きもしたろう縹紙金泥の経巻をも私たちの眼に映じさせる。私たちは信ずる、あの文句がこの一節に対して画龍点睛となっていると。

繰返えしていう、旧日本の文学において建礼門院右京大夫は、星夜の讃美の一節において無比の光彩を放ち、私たちは永久この女性歌人のスターを忘れてはならぬということを。

（一九二三年八月、初出不明。全集第五巻所収）

ふれふれ粉雪

中古の童謡に「ふれふれ粉雪」という一句だけ伝わっているのがあります。これは今から八百年ほど前に御在位になった鳥羽天皇が当時の童謡をお口ずさみになったのを、御乳母《おんめのと》の讃岐《さぬき》の典侍《すけ》がその日記に書きのこしておいたのです。天皇はその時、六歳でいらっしゃいました。御即位になったのは前年の十二月一日でしたが、歳も明けて翌年の正月二日の朝、御乳母が御前《ごぜん》に出たところに、雪がこんこん降っていたおりに、御幼年の鳥羽天皇は、あの童謡をおうたいになって興がっておいでになりました。さすがの乳母の典侍も少し意表に感じたということですが、その話は『讃岐典侍日記《さぬきのすけ》』の下巻にかきとめてあります。昨年あたり澄宮《すみのみや》様がかずかずの童謡をお作りになってお示し下さったことと思いあわせて誠にゆかしく、またうれしく覚え奉ることであります。日本の童謡の歴史中でも、この上もない味わいのある逸話だと考えられます。この童謡は、それから二百五十年ばかりの後の兼好法師の時代にも、まだ京都辺では口にされたと見えまして、『徒然草』の百八十一段に、やはりその断片を載せてあります。そこには「ふれふれこゆき、たんばのこゆき」としてあって、「たまれ粉雪《こゆき》」というのを、「丹波のこゆき」と訛ったのであると解釈してあります。「垣や木のまたに」とある文句が、その後につくようになっていますが、全体の童謡は録してありません。どうせ短い形であることは勿論です。どこかに今でも全形が多少の転訛はあっても遺っていはしないかと思います。『俚謡集拾遺』を見ますと、京都の童謡でこういうのが載っております。

雪やこん〳〵、霰《あられ》やこん〳〵、
　お寺の松の樹に、一つぱい積りこん〳〵

いくらか昔の文句の面影がかよってはいるようです。関東でも以前これと同じ句調か文句のが聞けたとおぼえています。私どもの小さいときには、「ゆきやこほり、おべたいこほり」とか何とかいった言草をうたったような気がしますが、こんな童謡もだんだん影をかくしてしまいそうで、なつかしくてたまりません。

夏ですからもう一つ雪の童謡を出します。やはり京都に、雪が降る日に空を仰ぎながら、児童が、

雪ばな散るはな、空に虫が涌《わ》くはな、
　扇腰にさいて、きりゝと舞ひましょ

とうたうそうです。『俚謡集拾遺』にそう録してありますが、「空に虫がわくはな」とは少し面白くない文句ですが、末句のひきしまりかたもよくって、いかにも江戸時代の近世趣味がうかぶ心地がします。

今度はうめあわせに熱い方の文句ですが、「京の京の大仏さんは、天日《てんぴ》で焼アけてなア、三十三間堂が焼アけ残つた、アリヤドン〳〵、コリヤドン〳〵」という文句を京都の街の児がうたうのを聞きます。大へん調子のよい謡《うた》です。私たちのような歴史ずきには、慶長七年十二月の大仏殿炎上のことが想い出されて、豊国《とよくに》祭りだの、大仏殿再建《さいこん》だのと、それからそれへと追懐させられます。また時候のよい頃の夕がたに街の片わきや軒下などで一群《むれ》の児供が寄り集まって、その中でひとり鬼が眼をかくして背《せなか》を向けていると、輪をなした群では、立ち場所をいろいろ変えながら、「でんこ〳〵」と呼びかける鬼に対して「だれの次にはだれが居る」と節をつけていう。鬼が当てそこなうと「どっこいすべつて橋の下」と合唱するのが、東京から移住した私たちには非常に珍しく感じられて、しばしば立ち留っては耳をかたむけたものです。十数年来何だかすたれ気味になったと思います。これは童謡とはいえませんが、残しておきたい遊びだと考えます。「こをとろことろ」の遊びにしろ、

「こゝはどこの細道ぢや」の文句にしろ、幼時自分たちが東京で遊んだり、また聞いたりしたものであると、一層いい知れぬなつかしみに絆《ほだ》されます。女の児たちが、「天神様の細みちぢや」「ちいつと通して下さんせ」などという掛けあいの文句は、今だに耳について、思い浮べるとしみじみ昔がこいしくなります。

夕がた、夏にしろ秋にしろ、澄みわたった大空に星をやっと一つ見つけ出して、「一つぼし見イつけた」とうたう文句も詩的ないいぐさです。こんなのも今都会できけるでしょうか。二十年ばかり前でしたが、駿河の海岸をある夏のたそがれ時に七八つぐらいの男の児の手をひいて散歩していたとき、その児の即興か、あるいはまた村の俚謡のはしくれか知れませんが、「一つ星が落ちたら、みんな星がおオちてしイまふ」というような文句を、ちょっとした節《ふし》奏をつけてその児が口吟したのを思い出します。その時分、何かの雑誌にその文句を寄録しておいたのですが、今は思い出せません。哲人か大詩人かの零語にでも出て来そうで、無上にうれしかったことを記憶しています。ほんとに宇宙《コスモス》の真諦をいいあらわしたような気がしました。

この六月、私どもも選定に参与しましたが、雑誌「オヒサマ」で募集されて入選した小児の童謡に、

工場《こうば》のけむりは
くろいけむり、
お湯屋《ゆや》のけむりは
しろいけむり、
どこまでゆくの、
いつしょにお行《ゆ》き。

というのがありました。いかにも現代的都会たる大阪の気分をただよわせた上乗の作品だと思いました。単純な構想で、技巧も極く大まかで、しかも幽幻な情趣が味わわれます。全く都会的現代的であって、見る人の方の考えをもって解すると、労働者の生活をも思い浮べられそうですし、最後の一句の如きも、子供らしい親しみをあらわすとともに社会的な協調を暗示するような含蓄に富んだ佳作と信じます。また古典趣味の私たちには、土地が浪華《なにわ》だけに「高きやに」の古歌をも想い起させずにはおきません。現代的な詩では、ヴェルハアレンの「都会」の詩の或る一二句を偲ばせます。それからブラングィンのエッチングにも私の想像は馳せてゆきます。これらの連想は私だけの勝手な感じであって作そのものの評価としては過ぎていましょうし、買いかぶりでも力負けでもありましょうが、少くとも児童の童謡としては、自然であって技巧を超越した点において特筆する価値はあろうと信じます。

（一九二二年九月「オヒサマ」。全集第五巻所収）

雪のサンタマリヤ

数年前京都の西北、いわゆる西の京において発見された数個の吉利支丹墓碑のうちに、なにがしのパウロと呼ばれた信徒の墓石がある。姓名の右がわには、慶長八年六月二十八日と刻し、左がわには雪のさんたまりやの祝日と勒《ろく》してある。この年月日を太陽暦になおしてみると、西暦一六〇三年八月五日に当る。このパウロという男は、当時の基督教徒として何等の事蹟を残した人ではないが、私たちは、その命日の美わしい、やさしい名にほだされて、いつも大学の陳列館に立ち並ぶいくつかの墓標の前に来ると、とりわけこの一基に心がひかされるのを常とする。ミシヤ、ルシヤさてはマリヤなどと、婦人の墓が割合に多くあらわれたのに反して、これは男子のではあるけれど、彼はいかなる好運か吉祥の日に今生を去って私たちをしていささかここに低徊せしめる。

　雪のさんたまりやの祝日とは、その音調その連想がいかにも優麗哀婉《あいえん》であるばかりでなく、その日が、しかも極熱の八月五日なので、私たちに爽快の感を起させずにはおかぬのである。日本の吉利支丹が、昔の全盛時代にこの祭日を、いかに祝ったかはわからぬが、当時の暦本を見ると、それにはちゃんとその祝日が載っている。長崎附近の浦上《うらかみ》、外海《そとめ》地方の信者間に伝わって来た御出生以来千六百三十四年度の『日《ひ》繰《ぐり》』によると、その年寛永十一年の陰暦七月十二日の条に、ゆきのサンタ丸やと書いてある。それも陽暦八月五日にあたる。註者はそれに聖マリヤの雪殿と註した。その外、私の見たところで東京の林氏の暦本に Augustus 5 の条にゆきのさんたまりやとあったのを知っている。小梅の徳川侯爵所蔵の抄本には、あいにく陽暦七月、「じゆらりよ」の二十三日までしかなく、余は脱しておるから、わからぬが、それにもこの祭日は出ていたに違いない。モリソン文庫所蔵の西紀一五九五年、すなわち文禄四年長崎開板の『サクラメント便覧』ともいうべき拉丁《ラテン》文の書物の首《はじ》めに出ている祝日表にも、八月五日のところに、Dedicatio S. Mariae ad Nives と記るしてある。今も公教会祝日表に、この日は「聖マリアの雪の聖堂奉献」の祭日と訳して載せてあるように、普《あまね》くカトリックの人々の知っているところで、私たちが事ごとしく書くのも、実はおこがましいと思うほどである。しかし「聖《さんた》マリヤの雪殿《ゆきどの》」という称呼は、私たちの古典味からはどうしてもよそに見過ごせない。私は時節がらここにその来歴談を書きたくてならぬ。いくらか涼味の福分けになるであろう。

　まず吉利支丹宗門禁制の厳しい最中、今から二百六十余年昔の万治元年の記録にも、古風な文句で次のように縁起ばなしが見えている。

「雪のサンタマリアト申コトハ、ロウマニテ有侍《サムラヒ》、子ヲ持不申候ニ付テ、金銀トラセ可申モノモ無之ニ付テ、サンタマリアノ寺ヲ建可申ト女房ト相談申候処ニ、其夜ノ夢ニロウマノ外ニ、雪降タルトコロ可有之候ノ間其処ニ寺ヲ建候ヘト、夫婦ニサンタマリア夢ニママミエ給ヒテ被仰候ニ付テ、夫婦ナガラ右ノ所ヘ参リ見候ヘバ六月土用ノ中ニテ御座候ヘドモ雪降候テ御座候、其所ニ則寺ヲ建申候、夫ニ就雪ノサンタマリアト申候。」

これは後年寛政年間、太田《おおた》全斎《ぜんさい》という学者が編纂した『契利斯督記』に出ているところである。いかにも古雅な調子で書いてあるだけますます興趣が深いのである。さてこの昔話をそれからそれへと辿ってゆくのも面白かろうが、この伝説は十三世紀頃に起ったものらしく、その出来事が四世紀の中葉とすると、それから凡そ九百年後の、存外新しい縁起談となるわけである。青陵博士（浜田耕作）の示された或る『羅馬古寺巡礼記』に拠るところである。今は昔、四世紀の初めつかた、羅馬の都にジャンといえる時めける長者ありけり。年経て子なかりければというような発端で、さて夫婦は相談の上、継嗣もないことであるから、神様に財産をすっかりあげてしまうことに決心していた。夫婦は或る夜の夢に、サンタマリヤが、その相続者になって下さるということを知った。さてそのお告げによると、明朝雪の降りつもる羅馬の或る岡の上に、わたしのために伽藍を建ててくれよとのことである。しかも同じ晩に、聖母は、法王リベリウスの前にも示現して、エスキリヌスが岡の、雪の降り積もるあたりに一寺を建立せしめよとの旨を厳命あった。その時マリヤは、長者ジャンが法王に力を協わすべきじゃぞよと申し渡された。かかる御告げがあったのは、炎熱燎くが如き八月の四日から五日へかけての夜間のことであった。果して翌朝エスキリヌスが岡は白雪で蔽われていた。いかにもマリヤの霊《くす》しき奇蹟であったので、全都その不思議に驚嘆の眼をみはったのである。長者ジャンは、かかる不思議を目撃したので直ちにラテランの法王殿に参上して逐一その御夢想を申し述べた。法王リベリウスは神業あらたかなるを見て、羅馬の僧侶の総体引き連れ、大勢の人々を従えてエスキリヌスの丘へと出かけた。かくて奇蹟の因縁も明らかになり信心深い長者夫婦の力で一寺が建立され、その名を雪のサンタマリヤ寺と命じたが法王の名をも取って別にリベリウス寺とも呼んだ。この寺は後にサンタ・マリヤ・マヂョーレ(Sancta Maria Maggiore)すなわち聖瑪利亜《サンタマリヤ》大寺といい、羅馬の七大寺の一つで、ヴァチカンの聖彼得《サンピエトロ》寺やラテランの聖約翰《サンヂヨヴアンニ》寺などと並び称せられておる。これがこの寺の縁起であるが、日本風に縁起を書いたり、絵巻物にでも書いたら面白いものが出来ることであろう。

　雪のサンタマリヤ寺の立っているエスキリヌスが岡は、羅馬七丘の一つで、今伊国王宮のあるキリナリスの岡よりは、丘一つ隔てて南方にあって、パラチヌスからはやや東北に当る。伽藍は、その岡の北辺に聳えている。例の四井《クワトロ・フォンタネ》街の大道を西北から東南へと突き当った処がこの寺になる。八十もある羅馬の聖瑪利亜《サンタマリヤ》寺院のうちでこの寺が最も宏大なので大寺《マヂョーレ》といわれておる。私は往年伊太利旅行のおり羅馬滞留一週間のうち、この寺に参詣した筈であるが、記憶には全くなく、手控の紀行にはわずかに五月五日の午後にテルメの博物館《ムゼオ》からヴィンコーリの聖彼得寺《サンピエトロ》へと行く途に立寄ったようなことが記してあるばかりで、手帳にも伽藍の内外ともに何とも叙してない。素通りに急いで通ったものに違いない。そのころは、『案内記《ベデカー》』にさえ出でいる雪の聖母のことは気にとめなかったものと見える。テルメでは、浮彫の女神ヴェネレ誕生の名作を見たことは、今もありありと覚えているのに、この寺の玄関にありという当時の縁起を鏤めたモザイクはおろか、あの大伽藍を目にとめてなかったのは、今考えると大いに惜しい気がする。伊国大使館に在勤されたO男爵の私に書き送られた或る『羅馬名蹟志』の一節に拠ると、ヂョットーの弟子ガッディ（Gaddi）の結構にかかる当時のモザイクに、雪のサンタマリヤ寺建立の由来が現われているという。かえすがえすも私は惜しいことをしたものだ。

私がこの寺を過ぎた西暦一九〇八年五月五日には、朝は聖マリヤ・ソプラ・ミネルヴァ寺にミケルアンヂェロの基督像を見た後で、パンテオンの殿堂に入り、その天井の穹窿《きゅうりゅう》を仰いで、上から射し込む光線の美妙な印象にうたれ、堂内にある巨匠ラファエルの墓碑にぬかずき、堂前の月桂樹にいいしれぬゆかしさを覚えた。この堂は、巨大でこそはないが、やはりサンタマリヤ寺院の一つで、本名は殉教人《マルチリ》のサンタマリヤ寺というのであるが、俗称の聖瑪利亜円堂《サンタマリヤロトンダ》をもってきこえておる。略して円堂《ロトンダ》ともいう。私の日数少き羅馬逗留中に見たところでは、この円堂の感銘は最も深いものであった。

その日は更にテルメの博物館に、前記のヴェヌス誕生の浮彫を見た外に、色々のモザイク、数々の彫像、さてまたミケルアンヂェロが設計したという回廊《キアストロ》などで、すっかり飽満してしまったと見えて、雪のサンタマリヤ寺を過ぎた頃は、もはや余裕がなくなっていたものか、現在何の感じも浮んで来ないのは、今更是非もない。私の尋ねたのは五月の五日、それから三月後の八月五日には、『古寺巡礼記』によると、あの寺の拝堂の丸屋根の高みから、式の勤行中、花を投下して伽藍創建の由緒を記念させるような所作があるという。この散華は今でも行われるらしいが、それがその夏のしかも真昼間、午前十時から午後二時にわたる弥撒《ミイサ》のあいだ、つづけざまに、昔の夢幻を今の現実に、花びらを雪よと播きちらすのであろう。

私はあの日の夕かた、嘲風《ちようふう》博士（姉崎正治）と出遭って共にコルソーを散歩し、翌日の行程を約し、当の六日には同伴してサンタマリヤ大寺《マヂョーレ》よりずっと南のラテランの聖ヂョヴァンニ寺を訪うた。バプチステリウムの条のところどころに、私の持って往った『案内記《ベデカー》』には鉛筆の迹《あと》がついているが、今は何もおぼえない。ただ回廊《キアストロ》を二人でめぐりめぐって、柱の曲線やモザイクを見て感に入り、また禅院のような静寂が身にしみて難有かったことを、はっきり今も覚えているだけだ。回廊で囲んだ中庭のあたりで摘んだ草花ではないか、私の『ベデカー』のその場所には十五年前の枯れた植物が挟んである。嘲風君の『花摘日記』にも、この日のことが書いてありはしないか、坐右にないから判らぬけれど。

昔天正年間、大友、大村、有馬三家の使節が羅馬観光のおり法王の御幸に随行してこのラテラノ寺に往ったことは知られているが、クラッセーの『日本西教史』にもそれらの若い人々が羅馬の七寺を巡礼したことが載っているところから察すると、雪のサンタマリヤ寺にも参詣して同伴の師父《バテレン》から前述の如き縁起談を聞いたことであろう。

「さつきのつごもりに雪いと白うふれり」とあるのも、「みなつきのもちに消《け》ぬればその夜ふりけり」とあるのも、それは時しらぬ山の富士の高峰のこと、ここは羅馬の都の一丘陵にすぎぬエスキリヌスに、燎《も》ゆる火の八月五日に雪が降ったとは稀有な事に違いないけれど、手近な日本にその例を求めるなら、史上にちらほら見当らぬでもない。まず遠いところで推古天皇の三十四年には六月に雪が降った。清和天皇の貞観十七年にも六月四日に雪花散落と『三代実録』に見える。『六国史』以後中古中世の公私の記録に散見するところに由《よ》ると六七月中降雪の事は七八回もあった。なお『太平記』巻三十六を見ると、「大地震《おほなゐ》並夏雪の事」

と題して康安元年六月二十二日、俄《にわか》に天掻曇り雪降りて氷寒の甚しき事冬至の前後の如しなどとある。これらは皆陰暦であるから、陽暦にすると、大抵七八月のことになるわけである。伝説の考証に正史を引合いに出すのも少し仰山すぎるが、ついでに一言したのである。

浄光寺のパウロの因縁で、飛んだところまで話が進んでしまった。その墓は『京都帝国大学文学部考古学研究報告』第七冊に、他の墓石と併せて浜田博士が詳細な説明と比較研究とを悉《つ》くされ、鮮明な写真を添えて発表されているので知られているが、雪のサンタマリヤの祝日と原刻してある字の左側に、為開基浄光法師追善也《かいきじょうこうほうしついぜんのためなり》と後年の別手で補刻されているのを、何人も異様に思うであろう。これは如何に解釈すべきであろうか。基督教での法名をパウロと呼ばれた者に俗縁または単に関係の繋がる何人かが、後年浄光寺という浄土宗の小さな寺院を建立して、パウロ某を開基と仰いでその追善のために、ああいう文字を追刻したものと見ることも出来よう。パウロその人が浄光寺を建てたのでもなく、また生前、浄光法師と称していたのでもなく、それらの称号はいずれも後年有縁者の与えた追称と見做してよいのではなかろうか。邪宗徒の墓碑をそのまま利用して、ああいう追刻をするのも奇怪ではあるが、それは一つは日本人が元来宗旨に存外淡泊なためでもあったろう。いろいろ疑う余地と解釈する余地とがあるが、とにもかくにも墓標の主は、吉利支丹全盛期の慶長八年雪のサンタマリヤの祝日に世を去ったのである。

日本の吉利支丹寺で、この祝日を如何に祝ったかは、東西の記録や抄物を博捜した上でなければわからないが、前記の如く『日繰』にも載っているから、まんざら告朔《こくさく》の餼羊《きよう》ばかりでもなく何等かの儀式が行われたものと思われる。『契利斯督記』中の所録に特筆してあるところから推してもそう思われるのである。しかしいかなる具合にミイサを営むか、いかなるオラショを行うか、その次第は知られない。摂州高槻在の旧家東氏所蔵の『吉利支丹抄物』にも、こういう末の方の儀式に関しては何とも記るしてない。私たちの手近には、この種の西籍参考本が甚だ乏しいのであるが、大学図書館の所蔵に、十七世紀中葉の巴里版『弥撒《ミィサ》録』Missale がある、その書には、八月の祭日の中、五日の条に、サンタマリヤの雪の献堂の祝日のおりに誦するイントロイト（入祭禱）やサルモ（聖歌）が録してあるけれど、それとても取立てて言うべきほどのことはない。

これに反してマリヤ一代記ともいうべき玫瑰花冠《ろざりよ》のいわゆる十五玄義《みすてりよ》となると、日本にも現に二三の絵画版画にも現わされ幾様の文句にも綴られて残っている。前記の『考古学報告書』中にも私が登載また紹介しておいた如くである。その後一見した林氏新得の抄物によると、「およろこびのくわんねん」の第一に、聖母受胎の告知《アナンシエーション》を書き綴った文句に、あんじよをもつておつうげなされ候あるじぜずきりしと、さんたまりやの御たいないにやどりたもふ事。

これはいつじぶんと申に、なんばんにて三月二十五日にさんがびりゑる・あるかんじよと申あんじよをもつてごつうげなり、……

などとある。これは仙台附近から出た抄物だそうである。高槻在の方からの抄物には、次の如き文章を見る。

びるぜん女人《によにん》にてまします也。もとよりでうすも其御《おん》ためにゑらび出玉《いでたま》へば、此きみ二八の春のすゑ三月二十五日のたそがれ時に、さんがびりゑる・あんじよをさんたのしんこうへ、てんの御使としてさし下し玉ふもの也。しかればさんがびりゑる、くわうみやうかゝやき、いきやうくんずるありさまにて、此きみの御前にかしこまり、いかに貴きまりやへ申上奉る、一切の人間の御たすけては御身の御たい内にやどり玉ふべし、とつげ申されたり。御返事《おんかへりごと》に、見玉ふごとく、われはつたなきでうすの御《お》下女《はしため》なれば、仰をそむくにあたわずとの玉ふと共に、かの御体内に御あるじぜずきりしとの御むまにだでやどり玉ふと云ふ事を目の前にくわんずべし。

アンジョは天使《エンジエル》、アルカンジョは大天使《アーカンジエル》、ビルゼンは童貞女《ヴアージン》、デウスは神《ゴッド》、ムマニダ文句がデは人性《ヒユマニチー》の義である。サンガビリエルは聖《サン》ガブリエルたることは申すまでもない。文句がいかにも古めかしく近古の御伽草子でも読むような気がする。奈良絵本か西洋の光彩画入《イリユミネーテッド》の古写本かを思い浮べて、サンタマリヤ一代記を胸のうちに画いて見たくなる。

雪のサンタマリヤ、そのまぼろしは私を駆って、彼の雪のように純白な百合の花を捧げて天降った飛仙の姿と、なやましげな童貞女《びるぜん》マリヤの打ち驚く容態との追懐にまで及ぼしめた。

私の知らぬパウロよ、祝福あれ。

（一九二三年八月、初出不明。全集第五巻所収）

わたくし雨

本年は梅雨が永続きしたので、私が七月下旬に南信に初入りをして帰途、松本から諏訪をぬけて甲州経由で東京へ向かう途中に、塩尻峠を越える頃、芭蕉が元禄年中にこの附近の洗《せ》馬《バ》でよんだ句の情景に接したのは、大いに嬉しかった。

梅雨晴れのわたくし雨や雲ちぎれ

全くこの天象そのままであった。方言とはいえぬにしても、この私雨という俗語が、私の興味をそそり、地方的な雨、局限的な雨、という意味において、村雨という名とも融会する点のあることを感じさせて、帰洛早々詮索を努めて本誌に寄稿することになった。

『物類称呼』の「液雨」（シグレ）の条下を見ると、不時に村雨の降るを相州箱根山にてワタクシ雨ということが出ているから、この語は方言と見ることも出来ないではない。貞享元年版の『好色二代男』巻一の四に、江戸から箱根の山を越えるあたりの情景を叙するところに、「明くれば（十月）二十四日の朝曇り、此所のわたくし雨濡るゝを厭はず急ぐに、田子の入海を瞰下ろし」という文句がある。同三年版の『好色五人女』巻五の三、薩摩の源五兵衛が山籠りしている処へおまんが尋ねて来た情景に、「わづかの平地《ひらち》の上に片びさしおろして軒端はもろ〳〵のかづら這ひかゝりておのづからの滴り爰のわたくし雨とや申すべき」という文章もある。いずれも山間の時雨で、ともに十月の話である。同じ『二代男』巻三の三には、鈴鹿峠を江州甲賀郡へ下る蟹が坂のところにも、「此所の我まゝ雨、夕日は照りながら降りて参宮人も立騒ぎ」とあるが、これもやはり私雨と同じであろう。藤井紫影氏の『五人女詳解』によると、私雨は箱根のそれの外に有馬や飛驒等のそれが文学上の用例としてありそうにも思われる。佐藤鶴吉氏の『元禄文学辞典』には、以上のほか別にヌスビト雨という名をも挙げて『大矢数』から二種の例を録して、而してそれは私雨のことであろうと推考してある。

元禄時代において私雨の名があるいは近畿方言の専有であったか、しかもそれが俳人用語に限られたものか、あるいは単に随所用例を見出されるところの地方語であったか、その辺は文献上の詮索をつくした上でなければ、確信を憚らざるを得ないが、私の知りたく思うのは今日なお各地の方言にこの名が聞かれるか如何かという事である。荻原井泉水《おぎわらせいせんすい》氏はその『芭蕉風景』の姨捨山の条において、前掲の句を解釈して、「ワタクシ雨といふ言葉は、晴天ながら雨の落ちる事であるらしい、多分横合にある雲から風が持つてくるのであらう」と説いている。同氏はまた赤城山でも、「ワタクシ雨といつて、夏の夜などに屋根にポロ〳〵と雨の音がするので外を見ると星が一杯に出てゐることがある、それをワタクシ雨といふ、時雨のやうなものだが、寧ろ夏に多く、夕立のやうに強く来るものでもない、他ではあまり無いらしい」と人に聞いたという話を記るしておる。私が今年塩尻から諏訪に向かう汽車中で出会ったのも全くそれと同様であったが、右の話によると今日の方言にもなおこの語があちこちに存するらしく思わしめるのである。ただ元禄文学においても今日の方言にあってもワタクシ雨は山間の時雨に即《つ》いて言われる語らしく思われる。

赤城山の例にしても鈴鹿山の例にしても、私雨や我儘雨は、日は照りながら降るコソコソの雨だということがわかる。この種の「日照雨」は、明治四十四年の第五回文展に大阪の画家北野恒富《つねとみ》氏が出陳した名高い美人画の画題のそれをそばえと仮名をつけて示してあったのを思い起さしめる。現代の大阪語あるいはむしろやや老年者の間においてはこの語が聞かれるということであるが、それを私に語った同地に生育した阪倉篤太郎氏は、附言してあるいは船人の用語ではなかろうかともいった。私は『俚言集覧』において既に、「船頭詞に曰、日和にて小々雨のハラックをそばへると云」と見えているのを知っていたので、阪倉氏の推考の肯綮《こうけい》に中《あた》っていることを感じた。この語は幸田露伴氏の『水上語彙』には出ていないが、『俚言集覧』の原著者の一人を備後福山の太田全斎あたりにもってゆく考案に由《よ》ると、中国四国辺の沿海方言にも今なお存しておりそうに思われる。伊予今治の方言に、スバエという この種の雨の名があることを最近耳にしたが他にも類例が多いであろう。今一々当って検べる暇を有《も》たない。

元来このソバヘルすなわち古形ソバフルという動詞は、戯れることを意味し、フザケル・ジャレルの意、時には狂フ意にもなるが、今日の方言に散見する如く小児や小さな禽獣などの嬉遊し、あるいは戯弄する有様をいうことが多い、最も古い用例としては『万葉集』巻十三の三二三九号の長歌に、伊蘇婆比という語が存する。壬申の乱の予言にも取られる童謡めいた歌であるから、古さは随分古い。ただ伊という接頭辞を戴き、かつ語尾が上二段活用になっているのが、後世の語形とちがう。イカルガとシメと、この二つの小鳥の嬉戯する有様を比喩的諷刺的に詠じたのである。ソバヘは平安朝中期の歌に既に天象の表現に関する用例がある。『万代集』とそれから引いた『夫木集』に引いてあるが、それは御堂関白の男たる堀川右大臣頼宗（治暦元年薨七十三）の詠じた歌である。

あらし吹く時雨の雨のそばへには瀬々（関）の小浪の立つ空もなし

「時雨の雨のそばへ」とあるのは、「日照雨」のそばえを思わしめる。西行の『山家集』には「風のそばへ」ということがある。

初花の開けはじむる梢よりそばへて風のわたるなるかな

かように雨にも風にも使われたのは古いことである。もう一つ語例を抄すると、右二人の

中間に仁和寺の覚性法親王、鳥羽帝の第五子、母は待賢門院、その宮様の歌集なる『出観集』の中に、

さゝぶきのまやの軒には垂氷して雲のそばへに霰ふるなり

同じ天象をあつかったのである。また雨のソボツあるいはソボフルのソボも同じ語原であって、語意の来歴は遠いのである。

このソバへの語は、散文の出典では『枕草子』を古いとするが、その他ソボル・ソボツ・ソボフル等の用例は極めて多く、殊にソボフルの如きは出典が更に古い。しかし今はしばらくソバへのみに限っておく。『枕草子春曙抄』本巻三に三十七段「せち（節供）は」とある段に「そばへたる小舎人童」と見えている。その情景は全く後世の元禄文学、西鶴や近松の作品に現われたり、今日の近畿の俗語方言に残ったりしている用例と正に符合する。享保時代の大阪の浄瑠璃作者、文耕堂等合作の『壇浦兜軍記《だんのうらかぶとぐんき》』の第四段中に「江州長浜にての事」として大工に身をやつす景清の詞に、

ヤアたつた今迄くはん〳〵した空で有たが、エ、聞えた、狐の嫁入のそばへ雨、はらしていかふ、

とある、そのソバへ雨が正しく今私の取扱いつつあるところのそれである。当時の大阪言葉

として差支えないのであろうが、そもそもこの作は享保十七年九月竹本座上場の五段物で、文耕堂松田和吉と長谷川千四との合作である。

さてこの「狐の嫁入」とは、別に夜間隠見する燐火の行列をもいい、私の如きも十歳前後下総佐原の或る寺小屋で漢学修業をしていた頃それだというのを見たことがあるが、それとは異なり、「日の照りながら雨ふる」ことに名づけられたので、既に『俚言集覧』にも登録されているし、私たちも東国で少時そう言いならわしたものである。むろんこの種の怪異現象に、自然にせよ人為にせよ、狐という語を冠らせることは、近世その例極めて多く、変態植物の名には就中《なかんずく》最も夥しい。『源平盛衰記』巻四十二、「屋島合戦」の条、那須与一の射た狐矢は、まぐれ中《あた》りの矢か外れ矢か流矢か、いずれにしても奇蹟的な神変不思議な矢と思われた筈である。「吾邦の俗に意外に出て測るべからざる事を、狐とも天狗とも神ともいへるは、唐山にて鬼などいふにおなじ」と山崎美成《よししげ》が『三養雑記』（天保十一年成）巻三に説明した如くであるが、彼は進んで蜃気楼を陸奥で狐館といい越中で狐の森というのもこの例であると附説した。

話は外れる。狐の嫁入、また狐日和というのは、怪異さにおいて、私をして狐の字の附く幾多の語例を注意させた。しかし私は今は狐矢に対して狐福という語のあることを西鶴物が示してくれたことなどをも省いてしまい、ただ蜃気楼という天象の方言俗語だけについて述べて見ることにする。

越中魚津は蜃楼また海市で有名な場所であるが、それを徳川中期その地の方言で、狐の森と呼んだことは、諸書の記すが如くである。「狐の森が立つ」といったようである。ただし『俚言集覧』には、「能登と越中で狐の松原といふ」とある。ただ小野蘭山の『本草啓蒙』巻三十九「蛟龍《こうりゅう》」の条に、桑名にてもキツネノモリということが出ているがそれは異聞である。而して現代の方言においては各地この現象をいかに呼ぶであろうか。

キツネダチ(狐館)と津軽方言でいうと、蘭山(『啓蒙』)と山崎美成(『三養雑記』)と記してあるが、篤胤の『三神山余攷』には奥羽方言のキツネダテ(狐盾)とあり、伴蒿蹊の『閑田耕筆』には狐隊と見えている。ただしこれらは海岸に現われる蜃楼すなわち海市ではなくて、内陸の山野に現われる山市の方である。蜃の字は蛟龍(ミヅチ)の義であるから、蜃楼は要するに狐館という名称と異曲同工である。したがって周防において浜遊びといい、あるいは龍王遊びというのも、海龍王の浜遊びという意味であろうから、ともに蜃楼の意から出たものとすべきであろう。安芸で龍宮城というのも、蓬萊とか蓬萊山とか蓬萊巌とか蓬萊島とかいうのも、皆同じ思想から来たものに外ならぬ。魚津で喜見城というのもまた同然である。越中の本草家直海龍の『広大和本草』(宝暦五年撰)には、上州の方言として島遊びという名を挙げてある。周防の浜遊びと正に同工であろう。やはり龍王のそれをいうのである。少し古く菊岡沾凉の『諸国里人談』には、西国のそれにも島遊びという名が挙がっている。

南谿の『東遊記』に、越後糸魚川の海中に立つそれを塩山と書いてある。潮山であろうが、これは命名の根拠が、常陸の方言の影沼という名に似た趣がある。影沼は、松岡玄達の『結毦録《じろく》』以下にあらわれているが、現象は少し違うにしても、命名法は、漢語の地鏡に当ると既に学者の指示した如くであって、かつ独語の Luftspiegelung の語の内容と考え方を同じうするわけである。また伊語より出で欧洲諸国語に借用されているところの Fata Morgana というロマンチックなフェイアリ・テイルズに起因する名称もあり、梵語に乾闥婆城という名称もある。語原の根柢は相異なるが、後者には幻作城・陽焰化城・龍所現城郭などという註釈を附けてある。喜見城とか龍宮城とかいう名と類が同じである。しかるに江戸の槇島昭武の『書言字考合類大節用集』に蜃楼という文字の左右に振仮名を附けて、カキヤグラおよびカイシロとしたのを見出す。貝櫓および貝城の文字を充《あ》つべく、仮名遣はカヒとすべきところであろうが、ともかくそれは新しい訳語であって本来の国語ではなかろう。仏語から出て英語となった mirage の如きは、拉丁語《ラテン》で「驚異」の意なる mirus を語原とするが、その

「驚異」の情をいろいろに表現して狐としたのが国語で、龍と見たのが漢語である。

伊勢の近世方言で蜃気楼をナガフという由が、四日市附近の菰野藩の儒官南川士長の『閑散余録』に見えて、津の国学者谷川士清は、『倭訓栞』にそれを採録した。四日市の南北に楠といい羽津という村のあたりに多く出現し、その楠の更に南方に長太（ナガフ）という郷があるが、その地名もそれに因るのだと南川は推考した。このナガフのナガは長い意味であろうと思うが、まさか梵語のナーガ（龍）とは考えられまい。この北勢方言の語原は、私の未考とするところであるが、それはなお向後の比較方言学の研究に待つことにしたい。

以上記載したところは、今日の方言調査の成果を利用するに先だって一応明治以前の文献資料から得た研究過程の報告にとどまるのであるが、ともかくも狐の森といい狐の松原といい狐の館という名が、狐の嫁入と同じく詩的な称呼であるに因んで、蜃気楼をさす旧時の方言を一とおり検討してみたまでである。

（一九三一年九月「方言」。全集第三巻所収）

公孫樹文学

老樹名木に関する伝説は多いが、古く日本の文献に公孫樹《いちょう》はあらわれていない。古いところの文学にも出て来ない。それゆえ日本の古代にはこの木は存在しなかったというのは早計であろうけれども、この文化樹木ともいい得べき樹木が人に注目されなかったとすれば、たとい持てはやされなかったにせよ人から全く顧みられなかったとすれば、あるいはこれを中世の移入植物ではないかと疑うのも無理はない。支那にしても、古典にも本草にもあらわれず、ようやく、詩文画譜などに出てくるくらいであるから、日本の古書に見えないというのも不思議はない。唐代の事柄として後世の書にみえているけれど、直接に当時の物としてあつかった詩文では北宋もよほど後にならぬと鴨脚樹はあらわれて来ない。『文選』の「賦」によんである平仲などという樹がそれだという人もあったが確証はない。明末の李時珍の『本草綱目』に、鴨脚は江南に原生し宋初始めて入貢せるとあるので知られるとおり、少くとも江北には歴史以後古くこの木がなかったらしく思われる。欧陽修や梅堯臣の詩にもそういう趣がみえる。梅堯臣の詩に、「北人見鴨脚、南人見胡桃」などとよんでおり、欧陽修の詩に、「鴨脚生江南、名実未相浮、杏嚢因入貢、銀杏貴中州」ともうたったのでわかる。本草では元の時の食物本草日用本草あたりから始めてこれを登録しているのである。宣和の画譜にこれをえがいた画図もあるくらいだから、北宋の中ほど以後には珍重せられていたことは疑いない。他日支那の銀杏のことを詳説しようと思うから、そのおりに譲ってここには省いておくが、とにかく古典的植物ではなかったのである。古生物学上の話は別問題であるが歴史時代文学時代において、この木が支那で北宋の中期すなわち西暦第十一世紀頃まで文献にあらわれて来なかったとすると、日本の王朝文学に出ていないとしても格段怪しむに足らないわけである。

『万葉集』のチチの実をイテフの実すなわち銀杏とする説もあるが、古人の多くもまた私もそれを否定した。その語原を一葉（イチエフ）より起るとなす説はもとより採るに堪えないが、鴨脚の近古音ヤーチャオに擬する考えも直ちにこれを肯定することは出来ない。さりとて国語として説くのも随分無理がある。異朝より来たなどと説く牽強な語原考もあるが、これまた論外である。とにかくイテフの語が漢字音から出たような気がすることは争えない。字音の語でも、キチカウの、リウタン（リンダウ）の、スロ（シュロ）のと歌や雅文にとられているのであるから、イチャウまたイテフだとてもその語形が歌文から全く斥けられるという筈はない。ただしここでは語原論に及ぶことは略して、これもまた他日を期するのである。

『枕草子』の「木は」の段に公孫樹のことが見えぬのも不思議はないが、棕梠《しゅろ》にさえ、「すがたはなけれどすろの木からめきてわろき家のものとはみえず」と書いているくらいだから、もしその木を見たとしたら清少納言があのきわだった黄葉樹を閑却するわけはないように思う。さりとて「風は」の段に、「九月晦十月の頃、空うち曇りて風のいと騒がしく吹きて黄なる葉どものほろ〳〵とこぼれ落つるいとあはれなり」といったなかに、イテフがあったとは想像出来ない。後世『風俗文選』や『鶉衣』には、花のなき草木の譜はあいにく挙げてなく、俳句としては元禄より、和歌としてはぽッつり幕末に、やっとこの樹木がよまれるようになったのは、思いの外なことであった。されば幸田露伴氏をして明治の三十二年に、「世に忘れられたる草木」九種の一つとして、こういう嘆声を発せしめたのも無理はない。

銀杏樹は其実こそ厭はしけれ、落葉の趣きまた比無くめでたし。野寺の鐘の音緩く渡りて禽も塒に静まるころ、墨染の夕べの暗さは漸く見はるかすほどの地を罩むるが中に、此の樹の幹あらはに聳え立ちて其蔭の落葉の蔽へるあたりのみは、猶月の光も残れるかと疑はるゝまで明るく黄ばみ渡りて暮れのこれるさま、美しといふべきなり。

明治も三十年以後にならぬと、この古代的にしてしかも近代的なる樹木はただ俳句を除き文学のうちには好遇されなかったといってもよいくらいである。薄田泣菫《すすきだきゅうきん》氏の有名な長詩「公孫樹下にたちて」が作られたのが三十四年十月、蒲原有明《かんばらありあけ》氏の「公孫樹」と題する四行六節詩があらわれたのが三十七八年ころである。三十九年には、夏目漱石氏が「趣味の遺伝」のうちで、駒込寂光院の化銀杏についてこの木の空前の描写をしたのは、銀杏文学の上に最大の寄与であった。

明治三十年以前においては、二十七年に志賀重昂《しがしげたか》氏が名著『日本風景論』に、日本の秋を叙し、また特に九州の秋の雑色をえがいた中に、公孫樹の美をたたえたところの文章を忘れてはなるまい。長短の差はあれ露伴の文とあわせ見るべきである。大正四年九月支那においで大谷光瑞師が草せる「秋色」の一篇において、「黄葉の美は公孫樹を推す」と題する一節が注意された。

大正期に入れば、あるいは長詩短歌、あるいは小説紀行、書名にも附けられ、頌詞にもあらわれてくるという有様である。与謝野夫人は牧野英一氏とともに銀杏の名歌の数々をよんだ点について知られ、川路柳虹《かわじりゅうこう》氏が大正十年銀座の柳に対する愛着より、植えかえられた銀杏樹を罵倒した俗謡は旧東京の思出草として忘れられまい。西条八十《さいじょうやそ》氏が、

十月の朝《あした》の辻に
並び立つ四本《よもと》の銀杏《いてふ》

とうたい出して、その末をば、

十月の朝《あした》の空の
かゞやける金の四行詩

と結んだ手ぎわをば私はたたえたい。日夏耿之介《ひなつこうのすけ》氏の「地にうごめく公孫樹」は人の知るところであるが、京都の新詩人竹内勝太郎氏が、その第一詩集『光の献詞』において、「星夜の銀杏樹」と、「冬の想ひ」と、第三詩集『林のなか』において、「明るい風」と、いつもこの樹をよくうたっているのは、特筆すべきである。殊に「星夜の銀杏樹」の一篇の如きは、雄渾荘重の気人に迫るものがあり、私の愛誦措かざるところである。

立ち騒ぐ木の葉は
鋼鉄の如く火花を散らし
揺らめきながら
焔を吐いて

黒い銀杏樹は真つ直ぐに
底もない夜の空を刺し貫いてゐる、
悩みか哀願か、
そもそれは絶間ない憤りか、
否、
私は聴く、
あらゆる物と戦ふ意志を、無限の意志の戦ひを、

とうたいおこし来たって、「ああ、そこに溢れる私達の精神よ、光、光、光……」と収めた雄篇は、公孫樹詩の絶唱であろう。

私は大正十四年晩秋に草した「ゲーテが寄銀杏葉の詩」の一篇においては、この大詩人を訳出することをさしひかえたが、『ゲーテ全集』に、『西東詩篇』の全訳が出版されたので、あの両岐《ふたまた》銀杏葉の訳を見ることが出来たのはありがたい。そのうえゲーテの古詩に対して作った小森氏の「銀杏の葉」と題する新しい詩もあらわれた。

古き鏡花の小説や綺堂の講談はあげるにも及ぶまいが、豊島氏の「公孫樹」、岡田氏の

「銀杏の樹」、これらの二作は私の一読を怠らなかったところであった。茅原華山氏の「銀杏の葉蔭」は物好きな私をそそり、金井紫雲氏の「公孫樹礼讃」には私の感興は大いに動かされた。「東大寺のかたはらを正倉院にかよふ道、大木の公孫樹の葉、黄金を散り敷きたる道」を思える竹柏園主人（佐佐木信綱）、「美しい朝日がこゝばかり鴨脚樹の葉がまるでお寺の瓔珞の様にかゞやいてゐるわ」と洛北の秋を語る九条夫人。かかる詩境を挙げ来たれば際限がないから大方にとどめるが、とにかく大正このかた十数年この樹の文学上の題材として用いられることはますます盛んである。

『炉辺叢書』の『石川県能美郡民謡集』に、「一で銀杏の木、二ではにはとこ、三でさくら、四でしでの木、五で五葉の松」とかぞえたてるのもかわゆい。同じ叢書の『越後三条南郷談』のうちの手毬歌に「一つがら〳〵、二つ山椒の木、三つ蜜柑の樹、四つ柚の樹、五つ銀杏の樹」とあるのも、異曲同工の民謡である。対馬の琴《きん》という地の大銀杏は昔から名高いが、その木についての俗謡に、

　琴《きん》の公孫樹は対馬の親木、枝はみね浦、葉は……。

というのがあると、或る本で見かけたが、あいにくその謡の全文を知ることが出来ないのは遺憾だ。銀杏に関する二三の俗諺もきこえ、これに関する幾多の伝説は諸国に存するが、いずれも後日を期してここには述べない。

京都下賀茂に鴨脚氏がある。同氏の家名の由来は私の一とおり調べたところでは未だ明らかでない。天明時代の江戸の狂歌師に銀杏満門という者があって、『狂言鶯蛙集』および『徳和歌万載集』に多くの狂歌が載せてある。その本名や略伝は知らないが、右の狂歌師の姓名は、チチノミノミツカドとよむらしい。元禄の俳人に銀杏と号した者があって、その句は『句兄弟』や『末若葉』や『焦尾琴』に出ている。多分其角の門人でやはり江戸人であろう。久留米藩の儒者に井上鴨脚という人があることは、武藤長平氏の『西南文運史論』に見えているが、私は未だその伝を詳かにしない。神田錦町の氷屋の娘で流れ流れて仙台に芸妓をしていたという銀杏屋の銀次という者のことを人から聞いたことがある。姓氏屋号別称などにしていたものもあったのだ。近きころの新作に銀杏屋の娘と題する講談を読んだこともあった。

家紋および文様、その意匠に用いられた場合は甚だ多いが、これは文学外であり、かたがた別に詳説する機会があろうと思う。またイテフを髷《まげ》の名前にしたり、草木生物器物食物等にも応用したりする例が多々あるが、それも一々列挙しない。ただ鴛鴦《おしどり》の銀杏羽などはいかにもよく似ているのに感心したことがある。それは近きころ親しき或る家の令嬢が結婚披露宴に臨席したとき、花嫁花婿のすぐ前の卓上に、おしどりのつがいの飾物がおかれてあるのを見たところ、いかにも聞きおよぶイテフ羽が葉脈もそのままと思うばかりによく似て見えたのを、私は興味深くおぼえたことを附記しておきたい。

　私の考えでは鴨脚樹は中世支那または朝鮮から渡ったもの、すなわちまず銀杏いわゆる白果として輸入されて日本の土に実生《みしょう》として芽生えたものではないかとも思われるが、実際古木の年輪でもよく調べた上でなければ確定は出来ぬことは勿論である。もっとも近畿地方に存せずして日本の東西の辺陬の土地には古来生長していたとも考え得べきであろう。植物学者に従えば、自生には既に亡くなり人文樹木として生存するばかりだというが、一友は山間に自生したのを見た人があると教えてくれた。いかがであろうか。或る女歌人が、

　　亡びゆくものとも見えずおほらかに金色したるひともと公孫樹

とうたったのはまことに同感である。

　日本の五山の詩僧に鴨脚の詩句を見かけぬのは、私の眼の及ばぬためであろう。彼等の宗とした黄山谷が人の宣城に之《ゆ》くを送った詩の一句に、霜林収鴨脚というのがある。これは銀

杏の果をいったので、鴨脚は葉を称したのであるを転用したのである。山谷に詩を学んだ陳後山には、これに擬《ま》ねて霜林堆鴨脚という句がある。これは落葉をいったもので、字の本義である。宣城という県は安徽《あんき》省の中で、江南に位し、宋には寧国府、今は蕪湖道に属する。南京よりはずっと南方にある。銀杏の都会としてきこえている。もと宛陵と呼んだ。銀杏詩人梅堯臣はここの人であった。

蘇東坡の著だという『物類相感志《ぶつるいそうかんし》』という書がある。元禄三年の和刻本もあり、霊元法皇もそれを『乙夜随筆《おつや》』に抄出あそばされたことがある。銀杏のことも散見する。雌雄相感のことがその中に見えているが、後世の本草書類にもそのことはしばしばあらわれてくる。平瀬氏の大発見とは話がちがうが、雌雄両樹が相望めば乃《すなわ》ち実を結ぶといい、あるいは雌樹水に臨んで影を照せば結実するとかいうような性の神秘がむかしから感ぜられていた。この側については、詩人のうちでは泣菫氏が「大樹の言葉」のうちで公孫樹のこの一点に触れていた。（若山牧水氏の『樹木とその葉』の書中にては、イテフについての言葉はなかったようだ。）

東坡の『物類相感志』のうちに、猫児の眼を以《もっ》て時刻を知る歌を載せてある。子午は線、卯酉は円、寅申巳亥は銀杏様、辰戌丑未は側《そばめ》て銭の如し、という諺である。私は銀杏様という文句に興味をもつ。イテフ様《ヤウ》、日本でいうなら、鈴の様とでもいうか。したがって銀杏の果実を眼の形にたとえたことがある。明の万暦の末に成った『汝南圃史《じょなんほし》』によると、呉俗みなこれを霊眼と称し、また白眼ともいったとある。

銀杏のことを支那では仁杏ともいった。鴨脚は葉がアヒルの脚に似ているところからいい、公孫樹は公が植えて孫の代にはじめてその果を食うことが出来るからいう。近世白果というのが通称のようだ。この仁杏といい白果といい白眼といい霊眼というのは、元代の食物本草から既に見えた称呼である。明代にはまた白杏ともいったことがある。支那では火櫜木などと呼んだ例がある。方以智の『通雅』等に出ている。また櫛ともいったとある。ただし最後に挙げた一二の称呼についてはなお考証を経ねばならぬが、それは他日に譲っておく。

（一九二七年十一月「改造」。全集第十一巻所収）

桃太郎物語

お正月はおめでたい話にかぎる。そこでウルトラアーケイックな、超後端的な昔話をもって「新愛知」の読者にまみえる次第である。

桃太郎の昔話は、桃の実をもって邪鬼を退治する東亜の民間信仰に出ていること、それが古く『古事記』や『日本書紀』の神代の条にも既にあらわれていること、支那の古文献にもその類例が散見していること、それらは人々の既に承知しているところで今更私の縷説《るせつ》するを要しない。もっとも近ごろは、桃太郎の鬼が島遠征談の如きは、軍国主義的思想を鼓吹する憂いがあるとか申してこれを忌避する方がよいなどと、遠慮する向きもあるようであるが、悪鬼百鬼はいつでも内外を問わずドシドシ撃滅するに限るわけだから、桃太郎君にますます退治てもらわねばならぬ、遠慮どころか奨励してこそ然るべきであると私は思う。

右翼には、主人に忠実なる犬を従え、左翼には模倣の上手な慧敏な猿公を伴い、親孝行な雉子を飛行機のように先駆として鬼が島へ進んでゆく桃太郎さんは、思想の善導に役立つかどうか知らぬが、現代にひきあててみると、まんざら符合する趣がないでもない。

それはさておき、尾州の中島郡、所は名古屋から西北三里あまりにもなろうか。一の宮の南方、稲沢駅あたり、昔の尾張の国府宮に、いわゆる式内の神社に大国霊《おおくにたま》神社というのがある。私はまだ参詣したことはないが今から三百年ほど前に編纂された林道春《どうしゅん》の『本朝神社考』の巻四によると、毎年五月六日の祭礼があり、いろいろ儀式や行事があるが、桃弓棘矢、すなわち桃の弓でイバラの矢を射る式があるということである。ただし今でも行われているか否かを私は知らない。またそのことは道春の如き漢学者が支那の故事をもって故事つけたのであるか、少くとも実際の事実を潤飾したのであるか、その辺は確かでない。しかし既に寛文年間に、弓術家の中川政宣が『採梔集覧《さいししゆうらん》』巻一において説明している通り、神代の古事には桃の実をもって鬼を防ぐという考えがあり、『延喜式』の巻十六、陰陽寮の式に、追儺《ついな》の材料として、桃の弓杖と葦の矢とが録せられてもあり、この大国霊神社の古式の桃弓棘矢は古来よりの伝統的な神事であったと考えてよかろうと思われる。

桃の大杖をもって鬼にも比すべき当時の権力者をなぐり殺したという話は漢の代に出来た『淮南子』の巻十四「詮言訓」に出ている。それは支那の太古、三代も最も古い夏の時の事実としてある。それ以来鬼が桃を恐れるようになったのだと註されている。こういう類似の話しは『左伝』の昭公四年春正月の条にも見えておるが、そこには桃弧棘矢をもって災を除くと書いてある。しかも古例に因《よ》るとあるのだから、この民間信仰の古いことが知られる。『左伝』にはもう一ヶ所、王事を禦《ふせ》ぐために桃弧棘矢を用いたとある。いずれも王室のために凶邪を攘《はら》い除く目的に使われているのである。同種の古事は支那の古文献に散見するが、最も有名なのは、『礼記』巻十二「内則」第四十三に、国君に世子生れます時射人が桑弧蓬矢で天地四方を射る儀式を行うことである。『平家物語』巻三に、小松内大臣といわれる平の重盛が中宮御産のおりにこのお役を勤めたということを記し、桑の弓蓬の矢をもって天地四方を射させらる、と直訳的に書いてもおるので、いよいよ有名である。

しかし桃の弓の方が桑の弓よりも日本では古典的に由緒が遠く深い。実際からいうと、弓材としては桑の弓の方が当っておるのであろうが、伝説からいえば桃の弓の方が、少くとも日本では根源が古いのである。『周礼』巻十二、「冬官考工記下」、弓人の条下に載っている七種の弓材のうちにも、桑の類は弓材として挙げられてあるが、桃の類はあげてない。日本の古典にみゆる天の梔弓すなわちハジの木の弓というのも山桑の一種であるという説もある。であるから弓材の事実上は『礼記』以来の桑弧が正しいわけであるけれども、伝説および儀式の上では桃の弓の方が由来が古い。

もっとも支那の太古の桃、日本の上古のモモ、それらの文字や語詞があるいはピーチの桃ではなくて、弓材に適する他の樹木であったのかも知れない。しかし事実を詮議しすぎて伝説の根底を破壊することもまた考え物であるから、ここではしばらく深入りを差控えておく。

桃で鬼を退治する話と、桑で鬼を退治する話と、むろん起源を同じうするのであるが、日本の近世における民俗信仰で雷の鳴るとき、桑原桑原ということもまた同一信仰の変形である。

桑原の話の起源についていては、二つほど説があらわれている。その一つは、伊勢の谷川士清が『倭訓栞』に述べた説であるが、天満宮にまつられた菅公は雷鳴の神様である、而して桑原氏はその菅原氏から分れた家であるから落雷を防ぐために桑原桑原というのだという説明である。そうなると、桑原桑原というよりも、菅原菅原とか菅公菅公とかいう方が効力がありそうに思われる。

こういう故事附けの外に、もう一つ別に、家名をもって来ずに、地名に附会する説がある。それは広島の人小川白山の『蕉斎筆記』巻二にみえている説であるが、摂津有馬郡の三田《さんだ》の附近に桑原という村がある。そこに曹洞宗の寺で欣勝寺というのがある。その寺の開山は道元禅師の弟子で通元和尚といった。落雷のありかかった時に、和尚が、袈裟を投げかけたところが、たちまち落雷が止んだ。すると和尚の毎夜の夢に雷神が現われて来て、和尚のお袈裟を戴いたので成仏しましたから、それからは桑原欣勝寺という名前を呼んだらその場所へは決して落ちませんと、誓いを立てた。そこで桑原桑原といい、あるいは桑原欣勝寺と唱えさえすれば、落雷をよけることが出来ることになったのである。とこういう故事附け話がある。一方は菅公、他方は道元禅師、一方は神祇、他方は仏僧、一は人名、他は地名、妙な附会説を立てたがいずれも見えすいた拵え事である。

落雷を避けるために桑原桑原ということは、『続狂言記』巻一に「針立雷《はりたていかずち》」一名「神鳴」という狂言に出ているが、いつまで遡りうるかを未だ調べないけれども、『古事記』の伊邪那岐の命が八クサの雷 神《いかずちがみ》等に追っかけられた時に、ヨモツヒラ坂の坂本に来た時に、その坂本の桃の実を三つ投げたところが、悪鬼や雷神どもがみな退散してしまったという話も、半ばは雷神に関係しているのであるから、赤鬼が太鼓の輪を負うている姿に象徴されているところの雷神に対して桃の実を投げつける代りに、桑の弓なり棒なりを向ければ、それで落雷を止めることが出来る、したがって桑原すなわち桑材の叢生せる処には、雷神という悪鬼を防ぐことが出来る。とこういうふうに信じたにちがいない。

こう観察してくれれば、雷除けの桑原桑原の文句もやはり桑弧蓬矢や桃弓棘矢の考えと同じ起源の民俗信仰の変形にすぎないことがうなずかれる。ただし純粋の民間伝承にのみよるか、和漢古典よりの文献伝承のみによるか、その辺を精確にたしかめることは、困難であろう。

おめでたい話もこのくらいにしよう。言霊のさきわう国のことであるから、ウルトラおめでたい事が、天にも地にも四方八方どこにもあれかしと祈りつつ、この講を了る。めでたしめでたし。桃太郎さん万歳。

（一九三一年一月九、十日「新愛知」。全集第十一巻所収）

柿の葉

唐の段成式の随筆、『酉陽雑俎《ゆうようざつそ》』に、すでに柿の七徳という俗諺が録してある。一に多寿、二に多蔭、三に無鳥巣、四に無虫、五に霜葉可翫、六に嘉実、七に落葉肥大、これが柿の七絶とかぞえられてある出典の古いものである。柿の樹の寿命の永いこと、青葉が密生して樹蔭の大なること、鳥が巣をくわず葉に虫がつかぬこと、秋に紅葉が美くしいこと、果実のうまいこと、落葉が肥大なること。これらの長所のうち同感な点もあれば感服できぬ向きもあるが、それはともかくもとして、柿の実に関する和漢の文献がともにかなり古いところまで遡るに反して、その霜葉を愛賞することに至っては、わりあいに遅く詩文にあらわれているのに注意される。花より団子で致し方もない。

柿葉については逸話がある。唐の玄宗皇帝の時の博士に鄭虔《ていけん》という人があって書画に巧みであったが、彼は書道を学ぶおりに紙が無いのを憂えて慈恩寺という有名な大寺に、柿の葉を数間の物置に貯蔵していることを知って僧房を借りて下宿をして、その柿の紅葉を取っては習字のけいこをした、ということである。長安には柿の樹が多く、他の名刹たる青龍寺の柿については韓退之の長詩や白楽天の名詩があって人の愛誦するところとなっている。しかし韓退之の作も、万株の紅葉に対してよりも紅柿子の霊液に対して賞美の辞句をつらねているので、由来支那人の趣好は樹葉よりも果実に存し、鴨脚葉よりも銀杏果を愛するという風であると同じく、柿樹に対してもまた同様の感がある。

しかるに鄭虔の柿葉臨書の故事あって以来、宋詩このかた柿の紅葉が詠まれた場合には、慈恩分種遠といい、紅葉曾題字といい、柿葉飄紅手自書というが如き句にしばしば出会うが、その慈恩寺も、かの青龍寺も、ともに本邦の高僧の修学したところであるから、鄭虔の逸話も夙《つと》に日本に伝えたことと思われる。

強いて模倣というにも当らぬが、平安朝の中期、七条院の女房伊勢の集に、或る男が五条あたりの女の家に来て、柿の紅葉に歌をかきつけて愛人に贈った話が見えているのは、対照してみると興味がますます深い。詞書は甚だ長いから大部分は省略するが、末の方に「此女の家は五条わたりなるに来て柿のもみぢ葉に歌をなん書きつけける」とあって、

人すまずあれたる宿をきてみれば今ぞ紅葉の錦おりける

歌には柿の葉の趣があらわれていないが、とにかく柿の紅葉がとりあつかわれた作の最初である。

柿葉文字に因みて、後世の随筆に『柿葉』と題して一学僧の著述がある。慶長年間の日蓮宗の学僧、要法寺の日性上人の仏教に関する随筆で刊本である。『柿表紙』という俳句の本は元禄にあらわれ、明恵上人の伝や文覚上人の消息等を輯めた『渋柿』という本も別にある

が、これらはそれとは題名の由来がちがう。日性上人の『柿葉』は正に上述の慈恩寺のそれから伝統をひくのである。

柿の紅葉にせよ、朱実にせよ、『万葉集』にも『古今集』にも全く見《あら》われていないが、果実を物名としての取扱いならば、勅撰では『拾遺集』にネリガキすなわち木練りがあり、別集にしてはやや下る『藤原定頼集』にアハシガキすなわち後世いわゆるサハシガキがあるけれども、柿の歌としてはもとより論ずるに足らぬ。いくらかそれと思われる歌としては、まず『源仲正集』に、「柿の実はのこりて葉のみ散りぬるを見て」と題して、つまらぬ説明的な作ながら、

世の中にあらしの風の吹きながら実をばのこせる柿のもみぢば

とある一首を挙げるのほかはあるまい。仲正は頼政の父で平安朝末期の人である。

鎌倉期になると、時勢もかわり人心も革《あらた》まり、柿の紅葉の趣味も見出されるに至った。順徳院の『八雲御抄』に、「紅葉」の条に、かえで、まゆみ、はじ、きり、かき、つた、ははそ、さくら、この八つをかぞえられ、「柿」の条にかきの葉と、特にその葉をあげられたのは甚だ嬉しい。楓のもみじもよい。錦木や櫨《はぜ》のもみじも美くしい。蔦のそれもみごとである。しかし近年わたくしは、紅葉としては、柿と桜を最も愛する。渋い赤褐色をした大きな葉が、

ややらなだれて田舎家や山道などに人もすさめず立っているのを見るといいしれず気がひかれる。『八雲御抄』にその二つが数えられてあるのを見出して有難く思う。

柿の古歌の絶唱としては、わたくしは寂蓮法師の作に、

山里は柿の紅葉に鳩なきてしぐれもふりぬ風もさむけし

とあるのを推す。去年の秋に、芸備の山間を時雨日和に一過したとき汽車の窓より眺めやった風景には、まさにこの歌の気もちにかなったものがあった。それに比べると、為家が貞応二年百首のうちに、

秋くれば山の木の葉のいかならん園生の柿は紅葉しにけり

とある歌の如きは、柿樹を詠んだ点こそ当時にあって珍しくもあれ、感興をおこさしめる趣がない。後世の題詠に、山柿、柿の葉、柿の紅葉、などの詞句があったことは、宗碩の『藻塩草』にも出ているが、わたくしは未だ柿紅葉の歌に、如何なる名吟があるかを究めない。

俳句には柿紅葉の佳句が多い。去来の落柿舎は柿の実の俄然一夜に夥しく落ちつくしたのについて名づけられたが、それを打ちこぼつに際して、『嵯峨日記』の芭蕉や凡兆たちを思いおこしてか、「やがて散る柿の紅葉も寝間の跡」と、かの柿主が名残を惜しんだ句があわれ深い。しかしわたくしは、『猿蓑』に見える珍碩の作、

鳩吹や渋柿原の蕎麦畠

を忘れることが出来ない。けれども、名もひびかぬ人々の句のうちにも、次のような棄てがたい作がある。

柿の葉のほろほろ落て夕じめり

柿紅葉遠く竹割るひゞきかな

終りに臨んで『続猿蓑』に、桑門宗波の作として、「柿の葉に焼味噌盛らん薄箸」という句があるが、柿の葉は時に食物を包むか蓋うかするような場合に用いられたことを一言したい。中世の末期ではあるが、『武家調味故実』という書に鴫の料理に柿の葉を蓋にして客に出すことが見えており、また狩りをして鴫を獲たおりに荻に結附けるか柿の枝に結附けるか、あるいは柿の葉を二三枚ずつ荻に糸でゆわえつけるという故実があるそうである。どういうわけか由来は知らない。

それとは違うが、山城宇治にて柿の葉のほぼ開きて雀のとまりて見えざる頃を茶を摘む時節とするが、かくの如き若葉若草の状態を雀隠れとあちこちで唱えるようである。可愛らしい文句である。古歌にも見え、近代の方言にもいう。それについてはかつて記述したことがあるからここには詳説しまい。

柿には記るすべき事が甚だ多いが、大抵にしておき、語原考も故事談も果実の味覚とともに一切省くことにした。最後にわたくしは、支那の古諺にある柿樹七絶に対して、柿の若葉のかわゆさと、青葉の多蔭と、紅葉の渋みと、果実のうまさと、落葉の枝ぶりの曲線と、この五つを新たにその五絶として称えたいと思う。柿若葉の雀がくれと、黒ずんだ枯枝の風情とは、初夏と初冬とに、晩秋柿紅葉の赤褐色とともにそれぞれ近年わたくしの最も愛する風物となってしまったのである。

（一九三二年一月「古東多万」。全集第十一巻所収）

雲雀随筆

わたくしの好きな小鳥に雲雀《ひばり》がある。少時愛誦したシェリィの雲雀の歌の感化もあって、この鳥もすき、この詩人もすきである。ヘルメルではないが、この雲雀はおれの何よりも大事な可愛いものだ。

天に何を訴うるか、何を叫ぶか、それは知らないが、支那では古くから告天子といい叫天といい、またそれを噪天とも時には楽天とも名づけた。近くは天雀とも呼ぶ。古くは『爾雅』に高飛とか天の楽管とかいうような意味のむつかしい字形の文字を使ってこの鳥を称してあるが、その語原は簡単である。高飛というのは、アイヌ語で雲雀のことをリキンチリというう、そのリキン（上昇）の意と同じわけである。チリはトリの意で国語かも知れない。英語のラークの語原は不明であるが、虚空に囀《さえず》るそれをスカイラークといったのは、正に天雀の義、また雲雀の意味にもかなう。

『古事記』の「仁徳巻」に女鳥《めとり》の王《きみ》がその夫の速総別《はやぶさわけ》の王に対して歌いかけた悲惨な恋の詩に、

ひばりは天《あめ》にかける。
高ゆくや隼《はやぶさ》わけ、さゝぎとらさね。

とある。日本の雲雀の歌はこれをさきがけとして、万葉歌人は、その十九巻に一首（四二九二）と二十巻に二首（四四三三・四四三四）と、いずれも佳詠をのこしておいてくれた。しかもそのうちの二首は家持の作で、殊に最初のは古今の絶唱だとおもう。幾度よんでも涙ぐまれる。

うらうらに照れる春日に雲雀あがり情《こころ》かなしも独りし思へば

すぐあとに、「春日遅遅、鶬鶊《ひばり》正啼、悽惆之意、非歌難撥」という文句が附いている。歌に揚《あが》る雲雀を詠じ、俳句に揚雲雀《あげひばり》という季題があるとおり、天にかけるといい、天《あめ》なるやとうたい、上古の歌や神楽歌にも出てくるこの告天子をば、何故か三代集には詠んでなく、やっと『詞花集』のしかも冬の歌に、あわれにもあらわれわたる雲雀の床を悲しんだ曾根好忠の作歌が残るくらいなもので、平安朝の末期から鎌倉の初期にならないとうたわれていないのは不思議だ。

そのくせ、『新撰字鏡』にも『本草和名』にも『和名抄』にもその名その文字は載っており、『和名抄』の撰者源順の編ときこえる「馬毛名歌合」には、「天《あめ》なる雲雀鹿毛《ひばりかげ》」という名さえ見えている。馬の毛の名に動植物の色彩を比喩的に用いた例は随分多いが、後世にもこの雲雀毛という名は行われている。もう一つは、鷹詞として、雲雀鷹とか雲雀毛の鷹とかいう名称も残る外に、ひばりの異称や類名がかなり存するが、ここでは馬についても鷹についても詳説を省いておく。ただ前掲の『古事記』の歌は、古代の鷹狩を暗示するものというべきことを附記したい。

琉球諸島に、ヒバリという名がきこえず、漢語のチョーティンシ（叫天子）の外には、カヤクキという『和名抄』以来知られている小鳥の名称の転訛形と、チンチンなどという擬声語形とが行われているのに過ぎないのはむしろ異様の感がある。これに反して同語においては、この鳥は日和に関係し、近世ながら古句に、「夕雲雀あすの日和を見せにけり」、「和かい風ふるひ出す雲雀かな」とあるが如くである。したがって、貝原益軒の『日本釈名』に、「ひばりは日の晴れたる時そらに高くのぼりてなく鳥なり、日晴る也」と語原を解釈したのは、この場合穏当だといえる。新井白石の『東雅』も、この説を承けたかして、やはり日晴の義と考え、谷川士清の『倭訓栞』もまた同様である。ただ狩谷棭斎《かりやえきさい》が『箋注《せんちゅう》』において、鳴声をもって名づけたと解したのを異説とするが、ピパリという擬声もあながち牽強ともいわれない一案だとされよう。しかしわたくしは前説を採る。

歌に反して俳句の方になるとこの田園趣味の小鳥は俳人の好題材となっており、佳句名吟に富んでいる。芭蕉の作にも、私の愛吟するのは『芳野紀行』中、多武峰でよんだ、

雲雀より空にやすらふ峠かな

をはじめ、「原中や物にもつかず鳴くひばり」、「永き日をさへづり足らぬ雲雀かな」、客観主観ともに好い句である。支考の訃を聞いて百甫が、「雲雀啼く姿は見えず我涙」の句は末句やや洗練を欠くが、感傷的な作としてその境を離れても共鳴される。これに反して、秋之坊の句に、「ひとりたゞ乱れそめてや鳴雲雀」とあるセンチメンタリズムも棄てがたい。何人かの作の「横のりの馬の行くへや雲雀原」、心にくき句である。

日和や水辺に関係した詠吟には佳句も見える。

帆柱のせみよりおろす雲雀かな　其角
汐みちて上野の方や舞ひばり　露川
出船や磯見ゆるまで鳴く雲雀　長虹
便船や雲雀の声も汐曇り　史邦
川船や雲雀なきたつ右左　闌更
筏士に日和見せける夕雲雀　立柴

これらの句を味わってそれぞれの境地を考えてゆくと、芭蕉の十三回忌に、安芸の俳人一故の附句に、

雲雀東風《ひばりこち》吹けば日和のかたまりて

とあるのは、中国の船人の方言ヘバリゴチを原形とし、永く同方位を保ちヘバル義であるという一説に従わなくとも、古来野趣に充ちたこの小鳥の揚りそめる季候の風としてあながち風流すぎることもあるまいかと、わたくしは前説にへばりつきたいような気がする。ただし私が『琅玕記』に述べたうちに、『物類称呼』や『水上語彙』にこの語を見出さずと申したのは失考であって、『俚言集覧』にもまた同じく中国の船人三月の風をヘバリゴチというとあった。これは雑誌「郷土」の創刊号に釈明しておいたのであるが、再び旧説に泥《なず》むにつけて一言するのである。広島の方言学者の調べてくれたところによると、今も或る海岸地方には雲雀の意義をもってヒバリゴチの方言が存するということである。『物類称呼』にも、八月の風を、志摩や伊豆の船詞に、雁ワタシというと見えているが、雲雀ゴチとともに佳名であると思う。裂ケルという意味のヒバルを近世ヘバルと訛ると『俚言集覧』にあるところから考えれば、鳥名のヒバリをヘバリと訛ることは音声変化上いよいよ確かである。もしそれ俳句に「中空に鳴きすわりたる雲雀かな」とあるが如くこの小鳥が空中に永くヘバリつくところから命名が起ったというような考案もあるいは出てくるかも知れぬ。

鳴き声こそ可愛いが、雲雀の容姿は決して美しくはない。宋画などに見る鶉《うずら》の如きふっくらした趣は全く見えない。雲雀骨という譬喩があらわす如く、清癯《せいく》鶴の如しといわれるのはよいが、巣林子が「俊寛が雲雀骨」と形容したような風貌は気味がよくはない。この成語は、近松はよく使うが、なお古く既に『鴉鷺合戦物語』の雲雀三郎藤原高登の条にあらわれ、ついで寛永の『毛吹草』の句にも見える。

紙面は尽きんとするから雲雀の饒舌はこれで打ち切る。

（一九三二年一月「文学」。全集第十一巻所収）

犬三題

戌歳の犬は古来どこでも逸事伝説俚諺そのほか非常に多い。十二支のうち牛馬の場合よりもなお多かろう。猿よりも虎よりも日本などでは、犬の方が多い。鼠よりも兎よりも遥かに多い。去年の酉歳の鶏よりもずっと多い。犬という名を冠らせた植物の名前だけでも、方言を加えると、百にも余るであろうくらいに多い。十二支以外の猫もかなり多いが、犬が一番多かりそうに見える。精しい統計をとったわけではないからむろん確言は出来ないけれども、とにかく今年の犬の年は、新年の余興として毎年の嘉例の如くその年の十二支獣を持ってくるならば、材料は多すぎてむしろ困るくらいである。しかし大抵は利用されつくしたかも知れないから、容易に新案も出されない。

私の畑の『イソップ物語』の中にも犬の話は随分多い。誰も知る肉をくわえた犬の話をはじめ、お馴染の犬の話は思い出してもかなりの数に達する。文禄の天草本だけでも八つほどもある。明治の初年に出た渡部温《わたなべおん》の訳本を一見しても大抵わかる。その渡部本の巻四、話の順序でいうと第百四十二話に、「飼犬と狼の話」と題する話は、自由放浪の狼を従順な飼犬に対せしめた訓話であるが、飼犬を呼ぶのにカメヤという一条がある。訳者渡部氏は、それに註していうのに「西洋人が犬を呼ぶにコイ〱（来々）といふ詞なり邦人謬《あやまり》伝へて犬の名と思ふ者あり、今日謬語を用ふ」とある。すなわちカメ犬の語原である。渡部氏は明治初年沼津に設置された徳川新藩の藩学たる沼津兵学校の教官で当時名高い英学者であった。その訳した『通俗伊蘇普物語』は六冊、明治五、六年の刊行であった。今も坊間によく見出される本である。

カメ犬の語原は、岡倉由三郎《よしさぶろう》氏が昭和四年正月の「文藝春秋」に書いたこともあり、そうでなくとも人口に膾炙している語原説だが、私は渡部氏の明治六年の訳本にその事実が明白に述べてあるのでいよいよその年代を精しく知りその語原の確かなことを知ることが出来るのを喜ぶ。

洋犬をカメ犬ということは今日ではもはや自然な成行きで無くなってゆきそうに思える。徳川時代またその以前にもすでに西洋犬が渡来したことは、南蛮屏風の絵や阿蘭陀《オランダ》絵などによっても推定出来るのである。和犬の種はだんだん減っていったらしいが、徳川時代には唐犬はかなり渡来していたらしい。果して支那よりの舶来か否かを詳かにしないが、その名によってまず唐犬を支那種としておく。すでに彼の有名な犬公方様の時代に、唐犬権兵衛の如き江戸の侠客の話が残っているのでもわかる。権兵衛が大道寺権内という士の屋敷の前を通りかかると、大道寺手飼の唐犬二疋をけしかけられて、それらが左右から飛びかかるところを権兵衛は、犬の鼻づらをつまんで七八間投げつけ、又しても飛びかかるやつを踏倒して殺してしまうという始末。それから権兵衛は唐犬という仇名をとり、額を大きく抜きあげていたところから、唐犬びたいという名まえが行われたという話である。

そういう獰猛な唐犬とは違って大名の奥方や姫君にも撫育されたチン犬になると、同じ支那種でもだいぶ違う。このチン犬は、文字を日本で狆と書いているが、旧本の『言海』の説では、中という漢字の支那音を犬扁に附けて新製した和製の漢字であるという。この文字は『通航一覧』巻二四五に享保十年蘭船の舶載に狆一疋とあり、また中犬二疋ともある。享保十四年には阿蘭陀犬一疋と唐犬一疋の輸入が見えている。それは幕府の註文である『増補華夷通商考』巻三の蘭領ジャバなるジャガタラすなわちバタビヤよりの輸入品目の中に、犬と標して註にチンケン色々と見えている。これは宝永年間のことであるから時代は大体元禄、享保時代の間である。このことは元禄の旧本の方にも載っているから、チンの輸入は元禄以前にも及ぶものと想像される。果して元禄より二十年ほども前に当る寛文の『卜養狂歌集』を見ると半井《なからい》卜養が或る人のところに男の子が生まれたのでお七夜の祝いに出かけたところが、主人の飼っていたチンイヌが産衣にじゃれついて掻き破ったのを見て主人が大へん不機嫌であった。そこで卜養はそれは目出度いことだと次のような狂歌をよんだとある。

犬の子の目なかけそ又気にかけそやれ〳〵産衣チンてう〳〵

チンに珍重珍重とかけた駄洒落にすぎない狂歌であるが、チン犬を飼っていた習慣が徳川初期まで遡ることは、これで確かにわかるのである。

出産に犬は附きものであった古来の習慣から見て珍重といわれたにちがいない。今も懐妊の婦人が着帯をする日を戌日にする習慣をはじめ、出産には概して犬を尊重する風習があるが、その由来はかなり遠い。犬が多産であり安産であるという事実に根ざすよりも、犬が家を守り人を守り能く魔を除けるという古い古い信仰から来ているのだと思う。婚礼や出産のときに犬に因む色々の事柄が附きまとう淵源も非常に古いのである。お雛様の調度にも犬の玩具が伴う。赤ン坊に犬張子を祝うことは、今もつづいている。京都で中古以来赤ン坊の額《ひた》いに犬の字を書く習慣があった。今も土地によっては、そういう古俗が残り、額いに書く左右の位置が幼児の男女いずれかで違うという習わしもあると聞く。幼児の寝ている傍らに犬張子をおいて、もし赤児が物におびえるとインノコノコと呪文を唱えた。この習慣はかなり古い。犬の子という意味か、それとも犬来ヨ（イヌコイコイ）という意味かも知れない。イヌコロという語も、イヌ来イという呼び声から来たという柳田氏の一説が最近に出ている。そうかもしれぬ。とにかく犬を呼んで子供を戍《まも》らせたもので、犬が魔除けになると信ぜられたのである。犬箱といって、犬の伏す形態に似せて作った小箱があって、それを赤児の傍らに置いて、トノヰの犬、宿直（殿居）の犬と称して、魔除けとした、古くは一対をそなえたものであった。その箱の中には男児ならば玩具を入れ女児ならば化粧道具を入れておく故実もあった。それは、小笠原流の伝書のような中世の故実書に出ているのみならず、慶長の吉利支丹学林版の『日葡辞典』にもイヌバコとして説明が施してあるくらいである。お伽の犬箱と呼ばれて赤ン坊のそばに宿直せしめられたので、後世の犬張子がその名残である。

この犬箱、犬張子は、神社や宮中および宮門における獅子、高麗犬の像と相呼応する。狛犬すなわち高麗犬のことは、支那の古典にもみえ、日本では中古の賢聖障子にも画かれ、『延喜式』あたりにも載せられ、御即位式の調度にも出てくる。詳細は略するが、やはり邪魔を払う具と考えられたのである。この信仰は遠く西域にも印度にも及び、あるいは遥かに波斯《ペルシャ》にまでも関係してゆくであろう。有名な言語学者であった英国のセイス老博士の如きも、日本に来朝したとき頻りにこの獅子狛犬の比較研究を試みたことがあったのを記憶する。

半井卜養の狂歌にチン犬をお七夜の赤ン坊に珍重珍重と祝福して「犬の子の目なかけそ」などと唱えたのも、その意味はかなり深重といえば深重である。カメ犬でも、チン犬でも、コマ犬でも、いずれも外国渡来ではあるが、皇国を守護すること、なお赤児を護るが如くである。昭和甲戌の新春は、皇室の大御慶事直後ではあり、殊にお目出度い正月である。去年の癸酉はトリ越し苦労をして杞憂に終って有難かったが、本年の甲戌は邪気と魔物とに対して皇国を護り竹の園生をお護り申すべきには、誠に良い口実の年であらねばならぬ。

（一九三四年一月五日「大阪時事新報」。全集第四巻所収）

マレーの虎

かつて私は、虎の語原を探ろうとしたこともあり、また求められて愚見を発表したこともあったが、最近シンガポール陥落前から再び虎に関心を持ち、いささか文献を渉猟した結果、ますます感興をそそられるに至った。虎の語原については、古く徳川中期の学者が一二の説を提出しており、その語も多くの語原学者が往々問題にしているところである。

虎という語が見られる文献の最も古いところでは、『日本書紀』欽明天皇六年の記事に、日本の一勇士が朝鮮半島の百済《くだら》へ使した時、虎の舌を摑んで虎を刺し殺しその皮を剝ぎとって持ち帰った、という勇壮な物語があるのを始めとし、同じく『日本書紀』皇極天皇四年に、高麗の学問僧が虎と親しい友となったとの記事があり、また天武天皇の御宇、新羅《しらぎ》国から虎や豹の皮を我が朝廷に献上したという記録も残されている。天武天皇の御一代前の天智天皇の巻には、「虎に翼をつけて之を野に放つが如し」という比喩的辞法が記されている。

また、持統天皇三年の項には虎という名を持つ人のことが出ている。ところが、人名に現われる動物の名称は実際のその動物を表現する場合もあり、またその人の生れ年、例えば子年の鼠の如き、十二支の鳥獣名から出る場合もあるから、動物から直接に名づけられたと即断することは出来ない。しかしともかく、この場合は寅でなく虎という文字が用いられているから、大体動物の虎を表象したものと見てよかろう。

このように虎は我が国の古典にも現われているが、朝鮮半島のことは出ても、我が国土に虎が棲んでいたとは決して記されていない。『万葉集』にも三首ばかり虎のことを詠んだ歌があるが、これらも総べて我が国に虎がいたとは述べておらず、虎を単なる一個の形容に用いたか、または朝鮮半島のことを詠んだかの何れかに過ぎない。

『万葉集』第十六の巻は面白い歌が多いのであるが、その中に虎のことを詠んだものが二首見られる。その長歌には、

韓国《からくに》の虎とふ（といふ）神を生け捕りに云々

とあって勇士の力強さを形容し、そのあとに、

その皮を畳に刺して八重だゝみ

と敷物にすることも出て来る。『万葉集』の古いところに拠っても、朝鮮半島から虎の皮が我が国に輸入されたり献上されたりした事実があるし、渤海《ぼっかい》国から我が朝廷への献上品にも、たびたび虎や豹の皮が用いられた記録があるから、虎の皮を敷物にすることは、古くから我が国でも行われていたに違いない。

『万葉集』には右のほか二首見られるが、何れも虎は修辞形容に用いられたに過ぎず、日本現実のものとして取扱われてはいないのである。

『万葉集』以後、虎を主題とする日本の歌や文学は近代までに何十種か存するけれども、明治以前に虎の実物が我が国へ渡来した事実はほんの二度ほどを数えるのみである。

中島広足《ひろたり》という最近世の歌人があった。彼は肥後熊本藩の人で長崎に遊び、土地の人に国学や和歌の教授をしていたのであるが、自らもその地で数々の歌をものし、異国情緒の豊かな長歌短歌が多い。この人の『橿園《かしぞの》歌集』の中に次のような「観虎作歌」なる七十五句より成る長歌があって、国学者であるから種々の故事などを引いて実物の虎を詠んでいる。けだしこれなどは、日本文学に実物の虎が現われた空前のものであろう。

観虎作歌

いにしへに　ありけむ人の　かしはでの　臣《おみ》のたけをは　から国の　虎ちふ神に　とら
えたる　わく子のあだと　ゆきの上の　あとをとめゆき　其の虎に　いむかひたけび
むかひはむ　舌をとらへて　さしころし　あだむくいをへ　皮をさへ　はぎもち来ぬる
も　大王の　御稜威ならずや　しか許り　たけしきわざは　万代に　あらじとおもふを
うつそみの　今のをつゝに　いかさまに　ことはかりけむ　其の国の　さつをがともら
かしのみの　ひとつにあらず　ふたつさへ　いけどりにして　百船の　つしまの国ゆ

菅のねの　長崎のさとに　はろ〴〵に　もち渡り来て　諸人の　見物《みもの》にすめり　其の皮は　馬にもよそひ　あぐらにも　しけるはあれど　いけるをば　まさめに見ねば　いぶかしみ　行きてし見れば　よだけもて　まがきゆひこめ　はなちたる　二つの虎は　おのがじゝ　あそばひをれり　をしものに　取りかふ鶏の　其の中に　をどるを見れば　翅なす　高くとびあがり　忽ちに　はみをへぬれば　打伏して　眠れる姿　から猫のなづけるごとく　うつしゑに　かけるなせれど　おのづから　見のがしこしも　うべしこそ　神とも神と　たゝへ来にけれ

反　歌

大王の御稜威かしこみから国の虎ちふ神もなつき来にけり

『今昔物語』を読むと、支那や朝鮮における虎の逸話が五つ六つ見られる。その他、我が国には古くから虎に関する諺は非常に多く数十種にも及んでいる。「虎穴に入らずんば虎子を得ず」とか、「虎視眈々」とか、「虎口の難」、「虎の威を借る」、「虎と見て石に矢の立つ例《ためし》あり」等々、人口に膾炙しているものだけでも相当な数に上るであろう。しかし、これら虎に関する諺は殆ど支那の故事に基づいており、また支那の『魏志』（世紀二三世紀）の日本に関する記録に「其地無牛馬虎豹羊鵲」とあるから、虎が我が国に昔からおらぬことは支那人も注目していたところらしい。しかし、牛馬には眼が及ばなかったものと見える。とにかく上に挙げた諺でも分るように我が国におらぬ動物でありながら、虎ほど日本人の口の端にしばしばのぼるものは、他に例が少ない。

さて、マレーまでは虎がいることはこの頃の新聞にたびたび載っているのでも明らかであるが、昔はスマトラ、ジャワにも棲息していたといわれる。今でも奥地には見られるかも知れないが、マレーほど多くないことは確かである。元来ジャワとスマトラはマレーと接続した大陸の一部であったとの説があり、したがってその当時には両島ともに虎がいたのであろうが、その後マラッカ海峡が陥没して以来、両島の虎が次第に絶滅するに至ったのかも知れない。しからば、日本にも先史時代、化石時代に遡れば、虎がいなかったと断言出来ぬことは、朝鮮半島と我が九州があたかもマレーとジャワ、スマトラ両島との関係の如きものである点からも推論されよう。

ところが、近世になって徳川時代に、九州または五島列島に虎がいたという説が記録されているが、これは実際の虎ではなく、狼のような獣を虎と誤認したもののようであるが、こういう実《まこと》しやかな記録は種々の書物に現われているところである。かくの如く、日本には虎の実物がいなかった割に、古くから文献などに残っている点が非常に面白い。近松も『国性爺合戦』に、和唐内が支那の千里が藪で危く虎を捕えて威張る光景を流暢な文体で描写しており、また「虎を踏まへて和唐内、内藤様はさがり藤、富士見西行云々」と、尻取り文句にもあるが、前に述べた広足の長歌とともに虎文学の双璧と称しても過言ではなかろう。

虎は仏教経典の中にも非常に多く出ており、支那の文献に見える逸話も実に夥しい数に上るのであるが、元来この動物はアジア的なものであって、アメリカには獅子はいても虎はなく、ヨーロッパにもこの獣は見られない。『イソップ物語』にしても獅子は出るが虎は出ない。ギリシャ、ローマの古典には虎は出ても、決してその地のものとしては記されていないのである。

このように虎はアジア的なものであるが、中でも我が大東亜共栄圏には殊に多いのである。虎の生存する地域は北は沿海州から黒龍江附近に及び、西洋人の記録には樺太あたりまでいるように書いているけれども、私は少し疑わしいと思う。満洲語、ツングース語などにも虎という名詞は見られるが、満洲の北方や東部あたりには虎が盛んに出没するらしく、現に私の友人などは、母子の虎に眼前を横切られて驚いたそうである。

東部ソ満国境附近に虎林という所があるが、先般、私の甥がこの二月に飛行機を操縦しつつ其処へ赴く途中事故を生じて、若くして命を終ったような悲しい出来事があった。とにかく、地名にまで虎の名が出るほど、満洲には虎が多く、また虎退治、虎の皮などの話は非常に多い。

大東亜戦争が始って以来、しばしばジャングルの虎の話が新聞紙上を賑わしているが、最近の記事には昭南島（シンガポール）に虎が出現したとある。それで思い出したのであるが、徳川時代の末期に我が国を訪れた米国のペルリ（Perry）は、香港、上海、琉球を経て来航したのであって、彼の紀行文によると、彼がシンガポールに到着した当時、ジョホールから海を渡って虎が盛んにシンガポール島へ出没してしばしば人畜に危害を加える余り、人を殺しても虎に喰われたといって誤魔化すことが流行しているくらいであった、と記されている。

日本人の著わした近世の地理書にも、マレーの虎は有名であったと見え、よく記載されているのであるが、シンガポール附近で御終焉あらせられた真如親王は、鎌倉時代の文献によると、羅越国で虎に襲われてお果てになった、と記されている。しかしこのことは古く平安時代の記録には見当らぬから、今直ちに信をおくことは出来ず、鎌倉時代の仏教に基づいた新しい伝説に過ぎぬように思われるけれども、マレーには虎が名物であるから、あるいは親王の御一行に害を及ぼし奉ったであろうことも、まんざら根拠のないことではなかろう。

さてそこで虎の語原であるが、これに関しては、元禄年間に貝原益軒が「人をとらへて喰ふからとらと云ふ」なる珍説を発表したのを始め、徂徠と白石は「とらは外来語であらう。恐らくは朝鮮語ではないか」と見ている。明治に入ってからの二三の見るべき説を紹介すると、まず、虎は南支那方言の「於菟《おと》」から出たとの一説がある。すなわち、南支那の楚の国の方言で虎のことを「於菟」と呼ぶが、その「菟」は「とら」の「と」と一脈相通じており、支那では「於」が接頭素prefixとして附着し、日本では「ら」が接尾素suffixとなる。元来日本語には「ら」という接尾素がつくことがしばしばあり、複数を表わす「等」もそうであるが、その他にも「野ら」とか「かぶら」なども「野」「かぶ」という原語に「ら」がついたにほかならない。して見ると、「とら」なる語は「と」がその本質であることが推察されるというのである。

この説も一往肯定されるけれども、また次のような説もある。これは私の若い友人である岡田希雄《きゆう》君という考証学者の説であるが、朝鮮と日本との中間にある今の済州島は古くは「度羅島《とら》」もしくは「耽羅島《たむら》」と呼ばれ、日本人がその地に虎を発見したので「とら」と呼ぶようになったとの由である。私もこの説に一時共鳴したこともあるが、更に第三の説として、最近、南方語に詳しい慶応大学教授の松本信広氏が、専門の比較言語学の立場から、南方の動植物の名称と日本語のそれとを比較研究し、一昨年の言語学会の大会で発表された中に、虎の語原が述べられている。

それによると、「とらはやはり南方語であつて、江南地方、福建から広東にかけての南支方言で、古く虎のことをたいらと呼んだ、即ちこれがとらの語原である」とするのである。この説は同氏著「南方産動植物本邦名の研究」および「江南の古文化」なる二論文に詳説されているが、これが今日までの虎の語原に関する論説では最も見るべき卓越したものと思う。我が国の古い動物名が、植物名とともに、南支那、南洋方面の言語と連繋を有することは、近年松本教授によってたびたび考証力説され来たったが、学界に非常な重要な示唆を与えるものといわねばならない。

虎に関して私の虎の巻にはなおいうべきことも甚だ多いが、この辺で一まず筆を擱くことにしよう。

（一九四二年七月「日本評論」。全集第十巻所収）

高原低語

高原をカウゲンと読むかタカハラと訓むかそれがわたくしの第一に関心をもつところなのである。高原と同類な語を日本の地名や方言について調べたり洋語や漢語をひいて詮議したりすることは、それは他日の事として、まず高原という文字とその音訓、順当にいうなら、高原の意味をあらわす日本語、それが純粋な国語であれ漢語であれ、その語形を語史学的に吟味して見ようとするのが、わたくしの出来る範囲の事である。

上古はたしかに高原をタカハラといった語が存した筈であるが、あいにく普通名称としては、文献に遺らずにしまった。歌にも文にも現われずにしまった。固有名称として地名や人名に伝わっているばかりで、明治以前の辞書には登録されていない。地誌や紀行の類には、高原の文字が全く書かれなかったとは言えまいが、それが吾々に見逃がされているに違いなかろう。ただ高原の熟語が通用してはいなかったというに止まるであろう。それだけは間違いない。もし稀に使用されたとしてもそれがタカハラと訓まれたか否かは、直ちに極められないので困る。

『和名抄』の地名には、竹原郷を二ヶ所タカハラとよませてあり、高原のタカハラという郷名は一ヶ所しかない。古風土記にはみえぬようである。『続日本紀』巻四十の延暦九年十一月の条に地名によって高原と改姓した人のことが載っている。タカハラという地名の存在を示すが、後世の近畿の地名をもって延暦のタカハラを確認することすら未だ出来ない。近世および現代のタカハラ姓の人々はあちこちあるが、その出所は一々判然しているわけではない。『姓氏録』には高原氏が出ていない。あいにくである。近畿では丹波船井郡の村名には見たが、五畿内では大和吉野郡の東北の或る村の大字に今その名を見かけるくらいだ。その山名や伊勢渡会郡の山名に高原山というのがある。

『延喜式』巻二十八、兵部式西海道肥後国の駅馬伝馬に駅名としての高原がある。これが『続紀』以後の古書にみえるところでは第一で、その次は『和名抄』二十巻本巻九肥後国山本郡の郷名に高原があるが、『延喜式』の駅名と同一地名であるかも知れない。いずれもタカハラとよむのは言うまでもない。

今日の地名では、村落の名に数ヶ所、山の名に二三ヶ所、川の名に一ヶ所、これらがわたくしの管見にのぼったが、有名なのは、山岳で第一に日光の東北の高原山で、第二が温泉や牧場等で有名な日向の霧島山の東麓の高原である。飛驒の乗鞍《のりくら》山の西麓に発する高原川や高原郷も挙げねばならぬ。日向のはタカハラまたはタカバルというらしいが、その他はタカハラというかタカバラというか、あるいはタカワラというか一々その土地について調べなければ確定出来ない。下野の高原山は、その西麓の郷名や、それから会津へ通ずる高原峠で名がきこえ、かつ天保初年の植田孟縉《もうしん》の『日光山志』巻一や、文化初年の谷文晁の『日本名山図会』巻三の図で著名になっている。

これら古今の地名の伝存をもって、タカハラという古語の存在を推知することが出来るわけであるが、わたくしが見た近世の地誌では、富田禮彦《いやひこ》の『斐太後風土記《ひだごふどき》』首巻の原の部に益田郡阿多野郷に属する青屋・中洞・池ノ洞などの諸村に近く、乗鞍の西南麓に千町原（センチャウガハラ?）という地名があるのを掲げて、「山上に在、乗鞍嶽の半腹に在ていといと広大なる高原の由なれど其麓の村民も登臨せし者甚稀也とぞ」と録してあるのが、高原の文字を使った例として私のレコードに上る。

千町原の名は、日光の中禅寺湖の北にある戦場ヶ原、また伊予国桑郡に石槌《いしづち》山の北麓なる千町原という南北朝時代の古戦場、いずれも広い高原をさすものとして注目されるが、それは大台ヶ原などの台、また何平《ダヒラ》というダヒラ等と相対して高原の異称として面白いと思うが、この事も他日の考を期する。

高原をカウゲンとよむかタカハラとよむか、『斐太後風土記』の場合でもすでに疑わしいが、しかし明治以来多くは音読しているように思う。多分西洋の地理学がはいって来て、プラトー plateau またテーブルランド table-land の訳語として、この平易なる高原の語が登用されるようになったのであろう。近世支那の英支辞典なり支英字書なりにも、初めは高原の文字は見えなかった。明治三十二年（一八九九年）日本で増訂したローブスチャイドの『英華字典』にはテーブルランドの訳語として高原の熟字が見え、大正十一年（一九二二年）上海刊行の漢訳ウエブスターの大字書には、プラトーおよびテーブルランドの訳語として高原の文字を挙げている。しかし古いウイリアムスの字書、下ってチャイルスの字書、いずれも高の字の下に高原は挙っていないのである。

　むろん支那の文献には高原の二字はあちこち散見するであろうが、決して一定の熟字として広く通用したわけではなかった。しばらく『佩文韻府《はいぶんいんぷ》』（十三元）について用例を索出するに、開元天宝の盛唐期に、仲麿と親交のあった王維の詩に見えているのが最も古い。今原書を検すると、『唐王右丞集』巻四に「田園楽」の六高詩が七首あるが、その第六の詩に、「山下孤煙遠村、天辺独樹高原、一瓢顔回陋巷、五柳先生対門」、という一首がある。その他少し下って韓退之と並称せられる柳宗元の詩、白楽天と仲の好かった元微之の詩が『韻府』に引かれている。そこで『元氏長慶集』を探ると、巻九の古詩にも「夢井」という題の長い詩の劈頭に、「夢上高高原」の句がある。『韻府』に引いてある「泂有高高原、秋風四来迎」の句と同工である。また巻一の古詩にたまたま分水嶺という題を発見して、この語の一つの出典を知って喜んだ。

我が国で明治以来の高原の文字は必ずしも支那に出典を求めるには及ばない。国語辞書には往々支那の典籍を引いて、あたかもそれを出典として歴史的説明のような外見を装わんとする誤りがある。典拠を参照に資するはよいとして、もし直接の出所をそこに附会したならば、それは歴史的研究にはならないのである。明治以降の古い地理書は、未だ検索しないが、英和辞書には、明治初年度の古いところのもの幕末期のもの等には、未だ高原という訳語はプラトーにもテーブルランドにも充ててない。明治十五六年このかたの辞書に至ってぽつぽつ高原の語はまずテーブルランドの訳語として現われてくる。明治二十五年の島田豊の『大辞典』からプラトーの方にまで高原という訳語が適用されはじめた。その以後は以上の二原語の両方に対して大抵高原の語が掲げてある。みなカウゲンとよませるつもりであろうが、面白いのは明治二十一年高椙東一《たかすぎとういち》の『英和国民大辞書』にはタカハラと振仮名がしてある。されば高原の二字を必ずしもカウゲンと音読するのみではなかったのであろうが、いつしかタカハラの訓読は廃たれてしまったのである。

明治三十九年刊行の伊藤銀月氏の『高原生活』、また同四十二年刊行の吉江喬松《よしえたかまつ》氏の『高原』いずれもカウゲンとよむのであろうが、こういう書名もあらわれて来た。地理書紀行書殊に山岳書をはじめ新詩小説にもこの語が頻出して来た。試みに藤村の『千曲川のスケッチ』をとって検しても、高原の称呼は頻出する。これは明治三十三年頃の作を四十四年に初刊したものである。四十三年の左千夫の歌に、信州の飯綱野を天の高原とよびなし、諏訪湖を高野原の湖と名づけて詠んである。ともかくもタカハラなどのように国語形になっているのがありがたい。牧水の歌にも上州草津の湯にての詠（大正十年頃）に、高原の草津のいで湯とあるような例は、その前後の作歌にも甚だ多いにちがいないが、いま一々索出して登載する暇がない。高原の詩人とも呼びたい前田鉄之助氏の詩集『高原の唱』は、高原の詩集の絶唱であるが、著者はそれをやはりカウゲンとよませた。集中佳詩が多い。集は昭和三年の刊行である。

　高原の歌集と銘打ったのは、W夫人の『高原』である。これはタカハラとよむのである。信州富士見の別荘の作多きを占むるをもって高原と題したのであると佐佐木博士の序文にもある。「高原にて」の篇、軽井沢十四首中の二首、富士見分水荘四十七首中の四首、これら六首のうちに高原という語がよみこんであるが、むろんタカハラという国語形により、カウゲンという字音形はここでは採らなかった。那須野十三首中の一首に、下野の高原山を詠じたのがある。日光山の反対のがわからの眺望らしい。これら高原の詩人歌人の作品をも載せようと思ったが、割愛して録せずにおく。

（一九三四年十月「山」高原号。全集第十一巻所収）

となり

隣組がこの初冬の頃から都鄙あまねく組成されたのは誠に結構である。ここらあたりの向三軒両隣といおうか、精しくいうとその倍数の向六軒四つ隣になるのであるが、平素からお心やすくもしていたのが、いよいよ隣組となって緊密な親しみを増すことになったのは、嬉しいことである。新体制の第一歩として何よりも第一の所得で、私達の多年の宿望が達せられたわけである。近世の五人組の制度の復興とも見れば見られるが、遠くは『大宝令』の義解の「戸令」に、「凡そ戸は皆五家相保ち云々」とある条にも遡るであろう。五家組というか、五軒組というか、また五家荘ともいわれようか、いずれも「五家相保為伍」と『左伝』の襄公三十年の記載せるところにも及ぶところの周代の制度に淵源するのであろう。隣伍とも隣保ともいい、『周礼』「地官」の属の一つになる大司徒の職分に説いてあるが如くである。こう書いてゆくと誠にやかましくなるばかりであって、昨今の卑近な実践的な隣組の話には遠くなるばかりであるから、考証沙汰はいい加減にして止めておきたい。

さてそのトナリという言葉は、その語原をたずねてみると、戸《ト》並《ナラ》ビ、または外《ト》並《ナラ》ビ、という合成語の省約だという旧説があるが、語原としては蓋し当らずといえども遠くない説であろう。あるいはトナリヤ（外《と》に有り屋）などの省約とも見えるであろう。さてその五家相保の意をよみこんだ歌が鎌倉時代初期の歌人にあるのは面白いではないか。それは衣笠内大臣家良の作であって、『新撰六帖題和歌』の第二帖と、それから引いた『夫木和歌抄』巻三十に出ているのである。

　　里人の軒をならべて住む宿は五つまでこそ隣なりけれ

全く説明的な歌にすぎないが、五家相保、隣伍、隣保、などという観念は簡潔に言いあらわしてある。活字本などには、「いづくまでこそ」とあるが、『倭訓栞』に、「いつゝまでこそ」とある方が正しいと思う。家良はこの歌を単に書物によって詠んだものか、当時の事実に即《つ》いて詠んだものか。平安朝以来、殊に鎌倉時代には、すでに『吾妻鏡』の処々に散見しているように、保という名が、郷の名と交って用いられたのを見ても判るが如く、五家相保の事実の散在に拠って、作者がかくは詠んだのではなかろうかと考えられはしまいか。ただし、書物に依って隣のことをよんだ歌も他に見《あら》われているから、あながち日本当時の事実に即いて詠んだと直ちに断じ去ることは早計であろう。

例えば、孟母三遷のことを詠じて、「あまた度となりをかへて教へける人の親こそかしこかりけれ」（権僧都公朝）といい、更に古くは、永久四年の『堀河百首』の、「たらちねの更に隣をかへけるも子を思ふ故ときくぞかなしき」とあるが如き類もある。『文選』に出ている晋の向秀の「思旧賦」の序に、「隣人に笛を吹く者あり、声を発すること寥亮」とある文句によって、おなじく『堀河百首』に、「みし宿の庭はあさぢにあれにけり隣の笛の音ばかりして」という一首もみえている。「白氏文集百首」として、定家卿には、「まきの屋に隣りの霜は白妙のゆふづけ鳥をいつか聞くべき」という歌もある。「隣鶏の鳴くこと遅くして夜の長きを知る」という白楽天の詩句をもじったものである。

隣の題詠には、こういう歌の外にもなおいくつか見える。例えば四隣ということをよんだ歌は、上記の『新撰六帖』や『夫木抄』に出ている。隣には古来概して題詠が多い。平安朝の『古今六帖』にも、すでに隣の歌が三首出ているが、その語がよんであるのは、唯一首だけにすぎない。『新撰六帖』の方には五首、『夫木抄』となると更に増して九首に上るという始末。『八雲御抄』には未だ現われないが、『藻塩草』巻六の「居所部」の第十一には、隣という文句がいくつも載っている。

こういう具合に、トナリ同志という観念は、古来人々が相当に関心をもち来たったもので、『古事記』や『日本紀』の古訓にも夙《はや》くよりこの語が現われているのは不思議でもない。『万葉』の歌にも、恋歌に二つばかり面白い隣りの歌が出てくる。巻九の一七三八、上総の珠名娘子を詠める長歌には、その美人を競争する軽薄男児を嘲弄して、「さし並ぶ隣の君」と詠んである。巻十四の三四七二、「東歌」の「相聞の部」には、やはりかような隣の花をば、

「隣りのきぬ」と喩えてある一首がある。

こういう隣家の美女を詠じたものがあるかと思うと、隣郷、隣国、または更に、隣邦支那にも及ぼしても使ってある。『日本紀』には、蕃国をトナリクニ、西蕃をニシトナリ、と訓してある。次には『続日本後紀』巻十九、仁明天皇嘉祥二年三月庚辰、奈良興福寺の大法師等が、天皇の宝算四十を賀し奉ったところの長篇の長歌には、支那の皇帝のことを、トナリノキミ(隣皇)と詠んである。上略して中程を抄出すると、

我国の聖りの皇《きみ》は尊くもおほましますか、日の宮の聖りの御子《みこ》の天の下におほましまして、御世々々に、相承け襲ぎて、皇《きみ》ごとに、現《あき》つ人神と成りたまひ、おほましませば、四方《よも》の国、隣りの皇《きみ》は、百嗣《ももつぎ》に継ぐと云ふとも何《いか》でか等しくあらむ、云々。

ここらあたりは、皇国の国体を讃仰した文句に充ちているので、ほんの一部分を抄録したわけである。

降って近世になると、トナリに関する諺が非常に多い。太田全斎の『俚言集覧』には、僅か七八つほか出ていないが、藤井紫影翁の『諺語大辞典』には、二十五諺を挙げてある。

トナリ知らず。

トナリそねみ。

トナリで倉が建てばこちらで腹が立つ。（越中の諺）
トナリに餅搗《つ》く杵の音、一つ食ひたい蓬餅。
トナリに餅搗く杵の音、耳に入つても口には入らぬ。
トナリの糠はたき。
トナリの糠働きより知つた粉糠商ひ。
トナリの白飯より内の粟飯。
トナリの糂粏《じんだ》は酢い甘い。（周防の諺）
トナリの糂粏味噌。
トナリの飯は旨い。
トナリの花は赤い。
トナリの牡丹餅は大きく見える。
トナリの物は粥でも旨い。（宮城地方の諺）
トナリの貧乏は雁の味。（越中の諺）
トナリの花で仕方がない。
トナリの娘《よめ》を譏《そし》るが如し。（実語教）

トナリの火事に騒がぬ者なし。
トナリの喧嘩の門ちがひ。
トナリの疝気を頭痛に病む。（浮世風呂）
トナリ厳しくして財《たから》まうくる。
トナリの宝を数ふるが如し。

この最後の二諺は著名である。「トナリ厳しくして財まうくる」というのは、「近隣に勤勉者ある時は知らず知らず之に感化せらるゝをいふ」と紫影翁の釈である。『和漢古諺』『俚言集覧』などに出て名高い諺である。「徳孤ならず必ず隣あり」という『論語』の文句にも似ている。その次の「トナリの宝を数ふるが如し」とあるのも、やはり『和漢古諺』等にも出ておる有名な諺であるが、『吾吟我集《ごぎんわがしゅう》』（巻四）に出ている狂歌にも、

老いの身に末の月日を数ふるや春を隣の宝なるらむ

とある。顧みれば碌々としてろくなこともせずに、六十六の春を迎えた勿体なさはともあれ、毎年の嘉例によっておめでたい由なしごとを書かせてもらうのが難有い。ただしおとなりからどなりこまれはせぬかとおそろしくもある。

（一九四一年一月「静坐」。全集第三巻所収）

じゃがいもの話

去る二月十日、衆議院委員会の席上、農村において喰べ慣れた甘藷や馬鈴薯は、主として農村へ増配し、その代りに米や麦を都会地へ廻す旨、井野農相が言明した由であるが、そうなると私の好物である馬鈴薯の不自由も忍ばねばならぬと思っていたところへ、その馬鈴薯と切っても切れぬ関係にあるジャワ島近海で帝国海軍が米英蘭三国聯合艦隊を撃破し、更に昨日遂に同島の東部中部西部の各方面に皇軍が上陸したと聞いて、いよいよ馬鈴薯の懐かしさが加わってくるのをおぼえざるを得ない。

一体、我が国で食用に供されている芋は、植物学的ではなく極く常識的にいえば、大略次の四種となろう。すなわち、里芋、山の芋、薩摩芋（甘藷）およびじゃがいも（馬鈴薯）がそれである。この中、東洋南洋おしなべて固有なものは第一の里芋であるが、古くは『万葉集』巻の十六に

蓮葉《はちすば》はかくこそあるもの意吉麻呂《おきまろ》が家なるものは芋《うも》の葉にあらし

と詠まれているのも、蓮の葉と里芋の葉との類似を野趣あふるる滑稽をもって表現したのにほかならない。また、日本や、南洋群島、ハワイなどのポリネシアに、「たろ芋」というのがあるが、これは一七七七年に英国の航海家キャプテン・クック（Captain Cook）がハワイに赴いた際、世に紹介され、その後南洋諸島などに伝わったもので、その「たろ」というのは

日本語ではなく、ポリネシア語の taro が原語であって、これまた里芋の種類に属する。

里芋のほかに、きぬかつぎ、えびいも（東京でいうやつがしら）、鰻に進化するといわれる山の芋、つくねいも、ほどいも、何首烏芋《かしゅう》、むかご、ぬかご等、種々のことばが知られているが、やはり山の芋が最も代表的なものであり、またその方言も二三十見出される。

三百年くらい以前には一般に里芋または山の芋をいもと総称したのであったが、南蛮人との交渉が起って馬鈴薯や甘藷が渡来したのである。一説によれば、馬鈴薯は甘藷に先んじて渡来したといわれる。すなわち、天正年間に南蛮人（ポルトガル人）が長崎へ馬鈴薯を伝え、更に南京へ持参した、と『長崎郷土誌』に見られるのであるが、出典が新しいから私はこの説をとらない。馬鈴薯の渡来した年代およびその経路は判然としないけれども、大体その年代は徳川中期より少し後の時代、十八世紀中葉より後、元禄、享保時代を過ぎて、文学でいえば、西鶴、芭蕉、近松などの時代を過ぎて大体蕪村（一七八五年歿）時代といってもよい。恐らくこの頃に和蘭船《オランダ》が、その名の示すようにジャガタラ（後のバタビヤ――カラパともいう、カラパは椰子樹の義）から、その根を輸入したものに違いない。

琉球では、甘藷を薩摩芋と呼ばずアメリカ芋と呼ぶように、東北地方では、馬鈴薯のことを「アプラ」というが、これは和蘭語のアールトアッペル（aardappel――独逸語の Erdapfel と同じく土林檎の義で、馬鈴薯のこと）の「アールト」を除去した「アッペル」が訛ったものである。また、馬鈴薯を八升芋と呼ぶ地方もあるが、いうまでもなく一本の根より多量の芋が採れるところから来た語にほかならない。馬鈴薯というのは支那でつけた名称であるが、あるいは馬鈴は馬来の転訛ではないか、とも思ったこともあったが、やはり字義通り馬首につける鈴の如く、多数の芋が集って生ずるところから出た名称であろう。なお、馬鈴薯とじゃが芋とはちがう、あの三字の漢字をこの芋にあてるのは不可であるという説もある。

支那ではまたこれを洋芋とも呼ぶから、支那固有のものでなかったことが判る。また、「いも」をマレー語では ubi といい、アフリカ語から英語になった yam もそうであるが、いずれも「いも」なる発音とよく似ているのは、奇妙な暗合ではあるけれども、すこぶる興味がある。

私は元来馬鈴薯が好物であって、独英留学中、特にベルリンの下宿屋で、同宿の桑木厳翼君とたびたび馬鈴薯団子のバタ焼を賞味したことを未だに忘れ得ないのであるが、一体に日本人が、この戦時にはともかくも、馬鈴薯を蔑視する風があるのは、甚だ心なきわざだと思っている。勿論私にとって馬鈴薯がこれほどなつかしく、また親しく思われるのは、それがジャワからはるばる渡来したという点で、例の異国趣味によることはいうまでもない。

天保七年に東北地方の饑饉《ききん》の救済策として、高野長英が蕎麦と馬鈴薯の栽培を奨励するため『二物考』を著わした。二物とは勿論蕎麦と馬鈴薯を指すのであるが、愉快なことは同書には渡辺崋山が馬鈴薯の挿絵を画いておるのである。

昭和七年夏のこと私の第三回和蘭本土旅行の際、車中から馬鈴薯畑を望んで

じやが芋の白き花咲く畠すらおらんだゆゑになつかしきかな

と即興に一首を物したことであったが、馬鈴薯の花は和蘭では白が多く、我が国の東北地方などでは薄紫が多いが、私はどちらかといえば白の方が好きである。

ところで、薩摩芋は琉球を経て薩摩へ渡来したのであって、薩摩では琉球芋、琉球では前に述べたようにアメリカ芋という名がついている。シェイクスピアの戯曲に『ウィンザーの陽気な女房』（Merry Wives of Windsor. 一五九八年出版）というのがあって、その第五幕第五場に「ポテトの雨を降らせろ」なる文句がある。そこでこの場合のポテトは馬鈴薯か甘薯かという問題が生ずる。坪内博士は「じやがいもの雨が降つてくれ」と訳されたが、シェイクスピアの註釈書によると、これは誤りであって「おさつの雨が降つてくれ」と訳さねばならない。というのは、甘薯は当時日本における人参のように一種の媚薬として用いられる民間信仰があったらしいのである。しかし大体ポテトという字は、或る時は馬鈴薯に、或る時は甘

薯に、いずれにも用いられている。しかもこの両者ともにアフリカが原産地であって、後に欧洲に将来されたのであるが、今その経路などは略しておく。

支那では甘薯の渡来は比較的後世のことに属し、古い記録には見られないが、南蛮から入ったので蕃薯と呼ばれ、また甘薯ともいわれる。無論ここでも馬鈴薯の方がもっと後世に伝来したものである。

私の子供の時代に聞いた鞠歌に「頭を切られる唐《たう》の芋、しつぽを切られる八つがしら」というのがあったが、どうも芋は頭やしっぽを切られることが多いようである。そこで私の「じゃがいもの話」も、いささか尻切れとんぼではあるが、この辺で止めておくことにする。

（一九四二年八月「日本評論」。全集第十巻所収）

蚊帳ごしの花嫁

蚊帳ごしの花嫁というと、浮世絵に描かれてもある筈、夏ならば牡丹燈籠の舞台に見たようなすがたを想い浮かばしめる。しかしこれは秋のはなし。『千一夜物語』ともすぐ連想されやすいアラビアの言葉で、ホホヅキのことをアル・アルーサ・フィル・ナムーサという。義訳して「蚊帳ごしの花よめ」である。正真の南蛮通たる笠間《かさま》杲雄《あきお》氏の『東西雑記帳』をみると、アラビアの酸漿《ほおずき》は、日本や支那のとはちがって、そう酸っぱくも苦がくもなく、甘味が多分にあって、かなり食べられるのだそうである。桜桃《さくらんぼ》よりは少し酸っぱくて、細かい種子の舌ざわりが何ともいえないとのこと。それは味の話、姿は「蚊帳ごしの花嫁」といわれるほどあって、薄い網の目をすかして真紅の琥珀のようなきれいな肌が見え、まさしく花嫁の初々しさいたいけなさが窺われるそうである。

日本でも外皮のすがれたあとでは赤るんだホホヅキを「蚊帳ごしの花嫁」とも形容できるかも知れぬが、これは少しひいき眼にみての話だ。支那では、金燈籠、燈籠草、鬼燈などと、燈籠に比した異名があり、更に王母珠とか洛神珠とかいう品のよい典雅な美名もついているし、また紅姑嬢という艶名も与えられた。そのほか、酸漿だの苦耽だのといって味から呼ばれたり、苗の形から天茄子などというような名前もあり、かつ天泡草という一名も存する。『本草綱目』（巻十六湿草下）によると、「熟すれば則ち深紅、殻中の子《たね》は桜の如し、亦紅色なり、桜中また細子あり落蘇《なすび》の子《たね》の如し」とあって一方には桜桃に比せられ、他方には茄子に較べられている。ホホヅキは、植物分類学上では、ナスビ科の一属で、ギリシャ語から出たフィザリスという学名をもっているが、それは風とか気泡とか泡とかいう原義であるから支那の天泡草という命名も同じ心地から出た名である。支那の桜桃、日本のサクランボにあたるチェリーの名でよぶのは英語のホホヅキである。英語ではこの草をグラウンド・チェリーまたウィンター・チェリーという。『本草綱目』の解説にも叶い、『東西雑記帳』の記載にも同旨である。

ホホヅキ類とおなじく、茄子科に属する草には、トマト、唐ガラシ、ジャガタラ芋、タバコ、いずれも南蛮紅毛の情趣たっぷりである。英語にホホヅキの一名をイチゴトマトすなわちストローベリトマトともいうことがあるが、それは別として、独逸ではこの草の実を猶太《ユダヤ》サクランボともいうし、またブラーゼンキルシェともいっている。天泡桜桃としかつめらしく訳すのも如何であろうが、泡サクランボとでも意訳しておこうか。

日本語にホホヅキの異名や方言が甚だ稀有なのは物足りない。漢名の方には、上記のほかにも、なおいくつかの俗名があるものを、日本には古く赤カガチまたは単にカガチ、その他にはヌカツキという別名があるくらいなものである。ところがペルシャ語から出てアラビア語に入り、それから例の如き経路をたどりつつ渡欧して中世のラテン語となった後、スペインやイタリーまたフランスの言葉になっているアルカーカンヂという語がある。アルはアルコホルのアルと同じくアラビア語の冠詞、カーカンヂはペルシャ語でホホヅキである。日本の上古語のカガチと偶然の暗合とも思えないほどの似寄りである。日本語であながちアカカガヤクと解いて解けないこともないが、比較言語学もこういう場合にはいささか迷わざるを得ない。何しろカガチは実物の草そのものをさしてこそいなけれ『古事記』『日本紀』に形容辞として現われているほどだから、太古本邦人に知られたかなり原始的な草であったのである。

『枕草子』にも、この草は二ヶ所に出てくる。春曙抄本巻九の一九一段、「大きにてよき物」に、

法師、果もの、家……男の児の目、あまり細きは女めきたり……火桶、ほゝづき、松の木、山吹の花びら、……

清女の観察例によって奇警を極め縦横無尽である。男の児の目の大きなのはよい、あんまり細いのは女めいている。さてその次々に、ホホヅキを挙げた。近松の『宵庚申《よいこうしん》』の「道行」は八百屋物で青物づくしをもって起り、例の少々くどいところをきかせているが、半兵

衛が「ほうづき程な血の涙はら〳〵こぼせば」お千代が「木末にしらぬまつのつゆおちて松露になりやせん」となげく有様が描かれている。この「ホホヅキ程な血の涙」という形容は、まさか清少納言の頃の宮庭にはきかれはしなかったであろう。

しかし、ホホヅキは、『枕草子』の春曙抄本巻三、第五五段の「草の花は」一節に、夕顔のところに「ヌカツキなどいふ物の様にだにあれかし」と比喩にしているが、そのヌカヅキが酸漿の一名だとされている。ホホヅキの語原説は古来二三の異説もあるが、『倭訓栞』や『嬉遊笑覧』の所説の如く、紅顔や紅いの豊頬に比した名とみるのが妥当であろう。瓜実《うりざね》顔などという形容を逆に行ったもので、『源氏物語』の「野分の巻」に、玉かつらの容顔を形容して「いとをかしきいろあひつらつきなり、ほゝづきなどいふめるやうに、ふくらかにて髪のかゝれるひま〳〵うつくしう覚ゆ」とあるのもその一つである。もう一つ、『栄花物語』の「初花の巻」には、上東門院（彰子）のおん容姿を「御色白ううるはしう、ほゝづきなどを吹きふくらめてするゐたらむやうにぞ見えさせたまふ」とある。これに由れば、王朝時代すでにホホヅキを吹いて遊ぶ事があったと考えてよいのである。ホホツキのツキは突の意ではなく、カホツキ、眼ツキ等という場合のツキで、頬ツキというにすぎぬという説に従ってよかろう。ヌカツキというのは、其の実下にうつむく故、ヌカヅク様態に似たのでいうと説かれている。

「蚊帳ごしの花嫁」もこうさいなまれてはかわいそうであるが、江戸時代の地唄で、二上りにて、酸漿にたとえて花の実意をうたったものに「ほゝづき」という唄があるそうであるが無意気な私にはもとより判りようもない。せいぜいホホヅキ提燈をふりまわして万歳を唱えるくらいが時節がら関の山である。

私たちの若い時分には、姉や妹たちも、この江戸ホホヅキをはじめ、千生《せんな》りホホヅキ、さては海ホホヅキ長刀ホホヅキなどをよく鳴らしたものであるが、近年は全くすたれてしまったのではあるまいか。さびしいことである。

実は、私の家の玄関まえの前栽にいつともなくホホヅキの草が生えていて、秋ぐちそれが色づくのを愛賞している。この多年生の草は、毎年株が一二本ずつ殖えてきて、ことしもまた花が咲いたのも気づかずにいると薄紅いの実のついた茎が三本眼に入った。大切にして、だんだん紅くなって美しくなるのを楽しんでいたら、第一のやつを孫娘にもぎられてしまった。頑是ないものには怒りもならず、二番目のがますますきれいになりゆくのに対して、もっと赤くなったら摘ってあげるから独りで手々を出してはいけないよと諭してやると、四つにもなって聞分けもよい桜坊、それからは、そのそばにしゃがんではその旨を心得ていて、何ともしない。ところが近隣の児童がいつしか眼にとめて、とうとうそれをも奪い去った。あとに残る一つは、少し出来のわるいやつで、その方は今だにそのままである。自然なものである。

こんな矢先きに、『東西雑記帳』の、「蚊帳ごしの花嫁」がいたくこの老爺の感興をそそった。まだ若い気持が多分のこっているとみえてわれながらたのもしい。

（一九三七年十月「中央演劇」。全集第十二巻所収）

ニッポンかニホンか

初め衆議院の憲法委員会でも国号およびその読み方の問題が起ったが、貴族院の本会議で、佐々木議員からの質問と金森国務相の応答とにより、さらに一歩たかく公議にのぼされた。今まで「帝国憲法」といったものを、「日本国憲法」とよぼうとしたところから、一応疑義を生じたわけである。古くも一度は文部省の図書局や国語審議会をはじめ、放送局あたりでも、論題にあがり、かつ軽く議会でもほんの少し話題にもなったような気もするが、とにかく結果は一応ニッポンに一決した形である。民間でもしばしば論議にのぼり、私のごときもすでに折にふれて論に加わったこともあり、また歴史的にも現代的にも調査をつくして覚え帳をこしらえたくらいであった。

この問題は、実に大した問題ではないのであるが、統制主義の猛烈な時分に至ると、軍部や右翼の統制主義のために余波を被むり、是非ニッポン一本槍にして統一すべしといきまいたものだ。ラジオで講演者がニホンと言おうものなら、日本精神への叛逆者あつかいで、葉書の抗議が放送局へまいこみ、大阪での拙演のおり、私がニホンとニッポン両栄両存の論を述べたのに対して、詰問書がとびこんだようないきさつもあったほどだ。真理や正義の一本槍ならいざ知らず、日本的な大義や名分の一本槍や名実相反する二本槍のごときで、是非ともニッポン一本槍にきめてしまい、ニホンをゆるさないといわれては、古い比喩ながら刀の手まえ、槍の手まえ、ただは引込んでいられなかった。時利あらずで、抗議者や異論者に対しては、まあ時機を待ちたまえと、穏かに諭しておいたこともあった。

時なるかな、今やニッポンかニホンかの問題が、堂々と自由民主の標榜下において、圧迫を受けない公論の壇上で、公明正大に討議が出来てありがたい世の中になった。

閑話をすてて結論をいそぐならば、ニッポンかニホンかの如き不急な問題を、この緊急な議場ではそう急速に取扱うの要はない。今すぐ一決しがたいと答えたらしい金森氏に、私は賛成する。佐々木氏が議会閉会ののち帰洛したら、憲法問題について高教を受け、かつ私議を聞いてもらうとともに、私の方からは国号論とその呼称論の私見を参考に供したいと思っているが、ともかくにわかに公定するにはおよばず、しばらく自由に任せておいて差支えないと、一定即決論には私は不賛成だ。

それならアカデミックな論として、ニホンとニッポンのいずれが正しいか、またいずれが歴史的に古いのか、とこう質問されたなら、私の周到なる研究の結果として、どちらも古くまたどちらも正しいと私は信ずる。考証はここでは紙面もゆるさぬから避けるが、歴史的に見て、どちらが比較的に古いかと尋ねると、ニッポンの方が古く、ニホンの方が新しいことは争われない。ポンが古く、ホンが新しいことは、言語学上の常識であり、国語史学上の定論である。よほど頑固な旧式国語学者でないとポンが後世の発音で、ホンが古代の発音だとは主張しまいと思うが、今なおそう考える古風な論者が絶無だとはいえぬ。ニッポンと促《つ》めて発音するのはやや後世らしいと言えるかもしれないが、それすら音意識や音感覚の上から、ないしは音書写の上から考察すれば必ずしも中古にはニッポンと言わなかったとは断じられない。少くとも上古、中古の交においてはニポンまたニッポンの両者が、無意識か無自覚かに客観的には共存したと考えてよい。あるいはニチポンとかニッポンとか、ニットポンとかいうような発音が、聞かれえたはずである。書写の場合や、主観的には別だが、客観的には成立っていたと推定して差支えない。

促音に伴われない方のニポンという音形が、そのポがだんだんフォとなり、遂に近世ホと軟化した結果、ニホンと今のように発音されるようになったのはハ行音の自然な音韻変化の常道をたどったものであり、決して邪道の転訛ではない。ヤハリとヤッパリ、ヨホドとヨッポド、それらと対照してもわかり、同道同伴の変化で両存両正な現象である。中古に、日記をニキといいあらわし、またニッキとも唱えたと想定し得るが如く、ニポンとニッポン両存しつつある際、ニッポンがニホンとなったのは、不正でもなく、不自然でもなく、正当であり自然である。近世初期の『日葡辞書』にも、ニッポンとニホン（ニフォン）とが並載されている。三百五十年前の昔であった。六百年前の鎌倉時代末期からの文献から、明らかにニッポンの発音の描写と認められる文字があらわれている。中国や琉球や朝鮮などの文献や、ポルトガルやオランダの記載を引用して考証をつきとめるとなるとこれは新聞紙上や帝国議会の論壇にはふさわしくないから、私も控える。むろん近世になると、国号称呼の明徴は、資料がますます多い。

現在では、最近の統制の結果、趨勢としては、ニッポンへ傾きつつあるのは事実であるが、統制とちがって、統計の正確なものは、すでに試みはあったが、民意の反映として容易に取られそうもない。新聞社で輿論調査の傾向をたずねるのもまた一つ方法であろう。

一国の国名としては、趨に従ってニッポンをとるとしても、同じ場合でも、異なった場合でも、また単純な呼称のほかに連結せる成語や熟語などにおいて、ニホンを禁止することは不可能である。伝統や歴史を無視し、現状を顧慮せぬ小児的単純性、学究的純理からの短慮だと思う。原則としては、殊に国際的には、またローマ字の場合など、ニッポンを主体とすることには、敢えて強く反対せぬが、ニホンを棄てることは、二本とはちがい、賛成できぬのみか、平和的なるニホンをますます愛重してゆきたいのである。余論としては、フランスの国名やイギリスの国名、隣邦の国名にも、当面の議論に資すべきものが、書きたかったが、紙面がつきたから、これで筆をおく。

（一九四六年九月九日「夕刊新大阪」。全集第十二巻所収）

老人と女性

恋ひしの昔やたちもかへらぬ老の波

これは柴屋軒宗長《さいおくけんそうちょう》が七十を越えたころ、当時の田楽の歌、いわば民謡を、その著、『老のひがごと』に録したもの。宗長は駿河島田の刀工の名家に生まれて、後世に師の宗祇と並び称せられた出藍のほまれのあった連歌師、静岡から安倍川一つをへだてた吐月峰柴屋寺の住僧で、上方へも修行また諸国遍歴の折々にはたびたび出入し大徳寺の山門の建立に出資し、城南の薪寺の酬恩庵《しゅうおんあん》にも留錫《りゅうしゃく》したこともある、お馴染の達人。何はともあれ、『閑吟集』の編者に擬定せられるだけあって、遍歴詩人として中世の民謡を集めておいてくれた功績は多大である。古えから歎老の言葉は、東西を問わず詩文歌句いずれにも例が夥しく、青春を讃したものに比して、むしろ多いのが自然である。それなのに、特に宗長の記を引くのは私の中学時代たびたび吐月峰には遠足にゆき、少時から宗長を敬慕し、老いて後も、亡父の五十回忌を営んだ昭和の十三年の五月花橘のさくころ、一族とともにその堺隈に二泊し、すぐ近い柴屋寺をおとずれた老懐の情が今なお残っているからである。どうかして宗長の一代記と全集とを出版したいと念願して、新進の学者にもすすめ、自分ではせめては年譜だけでも作ってみたいと焦慮している始末。それにつけても「たちもかへらぬ老の波」をかこつばかりのはかなさ。

願くは老いぬる今の心にてはたちばかりの身を得てしがな

これは近世京都の老医高森正因《たかもりまさよし》の平明な歎老の歌、『東蘭亭和歌集』に出ているそうであるが、私は五井蘭洲の『茗話』（八十六）でよみ、ほほえましく私の「老人随筆」の第一冊に録しておいた。こういう、由なき希望の老情の言葉は、敬老慶老または侮老嘲老の文句とともに甚だ多く、得るに任せて抄録すれば無限である。

兼好法師の如く、人生四十とあきらめた思切りのよい達識者もしばしばあるが、世阿彌のように、「初心忘るべからず、時々の初心忘るべからず、老後の初心忘るべからず、此の三句能々口伝と為すべし」と諭し、

老後の初心を忘るべからずとは、命には終あり、能《のう》には果《はて》あるべからず、その時分時分の一体一体を習ひわたりて、又老後の風躰に似合ふ事を習ふは、老後の初心なり。

この世阿彌の教訓を私はうれしく受けとる。ここに、「命には終あり、能には果あるべからず」とはよくも言ったものである。希臘《ギリシヤ》の古賢が医術の上にいいおいた金言の、「命は短く芸は永し」という要旨と遥かに相呼応した名句をわが中世の天才からきこうとは思いもよらなかった。阿蘭陀《オランダ》芝居の字幕で見て大田蜀山人から伝わり、また京都通行の阿蘭陀医者から書いてもらった筆蹟によっても知られたこの遠西古典の名句を、数世紀以前の昔、世阿彌

が老後の初心を説いた言説の中に異曲同工の姿において見出し得る暗合のおもしろさ。

何はともあれ、老後の初心は忘れないようにしたいものである。『桂園一枝』に題詠ながらも景樹《かげき》がよんだ如く、

老いぬればいとどむかしのみゆるかなわかきは夢の心なりけり

とは、私たちの心地をうたってくれたもので、「使徒行伝」(第二章)に、「汝らの若者は幻影を見、汝らの老人は夢を見るべし」と、ペテロが励ましたのとも一致する。

清少納言が、「人にあなづらるゝもの」(春曙二の二三)の中に、「年老いたるおきな」を挙げたのは御尤《ごもっとも》千万であったが、年老いたるおうなをいわず、特におきなとのみ称したのはけしからんぞと揚足をとりたくもなるが、さすがは才筆で、すぐあとに、また「あはくしき女」として心軽浅なる女性を筆誅している。

要するに、佐藤一斎《いっさい》先生が『言志晩録』の第二六二条において、それは先生が七十歳以後の記述であるが、

吾れ壮齢の時は、万事矩《のり》を踰え、七十以後は、万事矩に及ばず凡そ事有る時は、須らく少壮者と商議し、以て吾が逮ばざるを輔くべし、老人を挟みて以て壮者を蔑視する勿くば可なり。

と自ら戒め、かつ他を訓えられた。同旨を細説せるキケロの『老人論』のうちの老カトーが達識そのほか、老人訓は古今東西ともに甚だ多いが、「丈夫の志を為す、窮しては当に益々堅かるべく、老いては当に益々壮なるべし」と傲語した後漢の馬援の意気はこれを諒とするも、私はむしろこれに先だてる三百年なる老カトーの語に与《く》みしたい。

木食応其上人《もくじきおうご》が慶長二年の著である『無言抄』（下巻の十八）をみると、「思惟すべき事」と題する章の中に、「老後の句は又幼少なる時の心持のやうにすべし、これせいのつきたる故也、案をめぐらし色々にたくみなるは、老の句に不似合と古人の庭訓にあり」と弁じているが、私はこの木食上人の言葉を良く味わうべきものと思う。「若葉してなほたのみある老木かな」とは、今の老匠虚子翁が若かりし昔（明治三十一年）の句で、敬老の意を含めてもよまれたようにも取れるが、それはそれとして何と申しても自然の理法やむを得ぬ順序で、そこはゲーテが、『箴言集』に、「老人といふ者は一人前に評価される資格を失つてゐるのだ」と歎じているように素直に老人らしく好々爺然として争わぬを徳としたい。しかも老当益壮と壮語したりするよりも、石川丈山《じょうざん》の如く老いの波そう影を恥ずる方がふさわしいと思う。益軒の養老訓はじめ老人が身心の保全法には、服膺《ふくよう》自覚すべきものが甚だ多い。老齢の蓮月《れんげつ》が、「老人の鏡見るところ」と題して、

花と見し春は昔のかゞみ山かげはづかしき雪の白髪

と詠んだのを私たちは微笑しつつ愛誦してすごしたい。

しかし「老後の初心忘るべからず」との名言にみちびかれて、ゲーテが『西東詩篇』のうちなる「愛の書」において、「白髪にも愛はかはらず」と述べた上、「現象」と題する章には、

さらば汝、快活の翁よ、
悲しむを止めよ、
髪こそは白かれど、
なほ汝は愛を知らん、

と老翁に生命をふきこんでくれたのは嬉しい。橘千蔭《たちばなちかげ》が「老後初恋」の題詠で、

今はたゞ駒もすさめずおりぬれどなほ初草の萌えざらめやは

と老人の余情をほんのり表現したのをも思い浮べる。その父親の枝直にも、「老後恋」と題して、

忘るなよ忘れむものか元結《もとゆ》ひの霜の朝げも露の夕べも

という一首がある。私はこれらの神韻縹渺《しんいんひょうびょう》たる情趣を愛せずにはおられぬ。

古人は敬愛すべきところも少くない。恋愛の歌をよまなかったという荷田大人《かだうし》の如きも、例外にはあるが、上は至尊より高僧碩儒までも、みな恋歌を題詠として読みならわしている。現実の根柢の有無と厚薄は別としても、創作心理として考察すると、興味が深いと思う。九十一歳の寿を保った京都の加茂季鷹が、やはり「老後恋」の題で、

老ぞうきあなあやにくて見そめてしおもかげのみは物忘れせず

遠州の歌人石川依平《よりひら》には同じ題をもって、こんな趣の作がある。同感の情が切である。

笹わけしすゞろありきのそのかみの吾身をさへに恋ふる頃かな

老恋の詠歌は、平安末期このかたしばしば集にあらわれてくるが、尚歯会《しょうし》でも名高い歌学者の藤原清輔（治承元年逝七十四歳）にも、「老後恋」に、

はしたかの白《しら》ふになりてこひすれば野守の鏡形もはづかし

これをまねたらしい慈鎮和尚にも、

はし鷹のこひてふことをよそにみて老の波こそ立ちかへりけれ

の歌がある。ただしここに鷹言葉でコヰという語を使った木居（こい）とは、鷹が木にとまっていることを呼ぶ古い術語であるが、平安朝の末以後には、国語の発音の変化著しく、恋

のコヒと木居のコヰと仮名遣も混同してしまい、掛言葉としても自由に行われたのであった。

近世の歌人にも、清水浜臣は、

などてかく恋にわが身はほだされて老の心の駒かへるらむ

と、意馬心猿の制御を気づかい、あるいは少し後れては、井上文雄《ふみお》が「老恋」を、

西へのみ心ひかるゝ老の身に又ねがはるゝ小初瀬の山

と、若変りを希望して詠んだようなユーモアもうかがわれる。題詠は一律になる恨があるが、狂歌や川柳はしばらくおき、俳句になると、蕪村の、

老いが恋忘れんとすればしぐれかな

をはじめとして、天明時代の俳人には、

老いそめて恋も切なれ秋夕　几董

年一つ老い行く宵の化粧かな　闌更

星の恋空には老いも無きやらん　同

鹿老いて妻なしと啼く夜もあらん　士朗

几董の、「炉ひらきや紅裏《もみうら》見ゆる花のさび」の一句も見のがしがたい趣がある。

大江丸の『俳諧袋』には、いろいろ面白い物がたくさん容れてあるが、その「秋の部」を

みると、「我癖のひとり詞」と題して、傾城の句を五句掲げなどして、こんな見方が出ている。

けいせいといふ詞は、若き人が遣《つか》へば、バサラ過ぎておかしからず、実に落る也、七十よりのもののいふは、俳諧なりと、呼見のぬしの噺申されしと。

ここに出てくる呼見という俳人は未知であるが、とにかく遊女のことも、老人がよむのと、若人がよむのとでは、俳味と衒気との差があると弁明している。大江丸は大阪の飛脚問屋の主人、文化二年に八十八で歿した。その『俳懺悔』には、七十までの句を録したが、俗情多き中に俳味もゆたかで、例えば「我は七十、婦は六十」と題して、

かげぼしやこたつに向ふつゝ井筒

などというお目出たい句もあり、晩年の湯タンポの句の如きには得ならぬ情趣があり、

千鳥鳴きつゞいて老の念仏かな

のような老情を寄せた句もある。

そこで大江丸の弁解に乗ったり、ゲーテの諦観をあてにしたりするわけではないが、なおも老人のバサラを書きつづけてゆこう。八十の高齢をながらえた壬生二位といわれた家隆は、年寄の恋を題詠して、

玉箒手にとるほども思ひきやかりにも恋を志賀の山人

とうたったが、その志賀の山人とは、大津京に古く存した崇福寺すなわち志賀山寺の上人の伝説を材料としたものであろう。最初の出典は未考であるが、普《あまね》く知られるのは、『太平記』巻三十七に、愛欲の一角仙人、謡曲にも編まれた印度の仙人の話に因んで、「志賀寺上人の事」と題して描写された中古の艶麗なる物語である。

昔々、志賀寺の上人とて行学非凡の老僧があって、或る春に草庵の中を立ち出で、手に一尋の杖を支え、眉に八字の霜を戴き、琵琶湖のほとりを逍遥し、波閑《しず》かなるに向って、水想観を成しつつ心を澄ませて只一人立っていたところが、京極の御息所という高貴な女性が、志賀の花園の春の景色を御覧じて帰還ある途中、御車の物見のみ簾をあげて見ておられると、上人がふと目を見合わせて、美貌に覚えず心迷い魂浮かれて、妄念堪えがたく、自分の思の端を申して心安く臨終をもしようと思って、狐裘《こきゆう》を着て鳩の杖をつき、御息所の御所に参って、鞠の坪の木のもとで一日一夜泣いて立っていたところ、御息所は上人の偽りならぬ気色をみてとって、哀れに思われて、雪のようなる御手を御簾の内より少しさし出させられて、上人に玉手を握らしめられた。そこで上人は御手に取りついて、こう詠進した。

初春の初子のけふの玉箒手に取るからにゆらぐ玉の緒

やがて御息所はとりあえず次のような返歌を遊ばしたという話。

極楽の玉の台《うてな》の蓮葉《はちすば》にわれを誘へゆらぐ玉の緒

家隆の『壬二集』に見える上記の歌は、右第一のものに拠ったと考えてよかろう。この物語はあるいは江戸時代何らかの作品の題材に使われていはしないかと思う。現代の作家では、例えば谷崎翁の青春期の小説などになかったかしらと回顧されるが如何であろうか。

一角仙人になると、罪が深い。志賀上人の方は、プラトニックとはいえないにしてもよほど上品である。珍しくもない例ではあるが、平凡であるだけ、一角仙人のような謡曲になって残っていず、抒情詩的で、宗長が採録している『閑吟集』中にも「詮ない恋を志賀の浦浪、夜るよる人に寄り候」というような調子である。

それにつけても想い起されるのは、希臘神話のティトーノスの物語である。トロヤの王子と生まれた美貌の彼は、曙の女神、エーオース、すなわちアウローラに見そめられ、その夫となってメムノンといって、後にエチオピア王となった愛児を挙げたりしたが、神から不死の身を授けられたものの、不老常若《とこわか》の肉体は恵まれなかったものだから、あわれや衰頽のやるせなく、いたわしや女神から一室に閉じ籠められたまま、泣きつづけ鳴きつづけ、その果ては蟬になってしまったという哀話。「やがて死ぬけしきもみえず蟬の声」とうたわれたティトーノスの成れの果ては、米国のスタンレー・ホールの老人学にも古き逸話としてつたえられてある。

ティトーノスの話は、「八十路の翁の恋に腰をそらいた」という古い琴唄の「梅ヶ枝」を想い起こさせるが、このみじめさに比べると、志賀寺の上人は端的に奇功を奏した幸運爺であった。かわいそうなのは、謡曲の「綾鼓《あやのつづみ》」に出てくるお庭掃きの老人である。みそめた筑前の木の丸殿の女御から欺かれて、鳴らぬ綾の鼓をあてがわれ、その時守りの鼓を打てども打てども音が出ぬので、女御のおん姿を見ることが出来ぬのに、失望した余り、とうとうお庭の池に投身して果てたという悲話。てきめん老人の怨霊にとりつかれて女御が呵責を受けるのはお定まり通りの筋であるが、五十年まえに仲猿楽町の宝生の舞台で、九郎の「綾鼓」を聞見したときの印象は甚だ深い。

これら老人の愛着物語に比べるわけではないが、淡泊な逸話として伝わるのは、フランスの長寿文筆家として名高いフォントネル翁が、一夕の社交の席上、若くて美しい新婚程なきエルヴェシュウス夫人に対して、それはそれは愛想のよい、ちやほやした態度を示しておきながら、いざ食卓に就こうとする間ぎわになってからがらりと忘れてしまい、その夫人を一顧もせずに素通りにしかかったのを捉えて、翁に向って、「ほんとにおひどいのね、今しがたとはうつてかはつて、あたくしを一目も御覧あそばさないぢやないの」といささか恨みがましくからかい気味で言葉をかけたところ、翁はすかさず、「奥さん、でもあなたをぢいッと視でもしたら、わたしはとても通られなかつたでせうよ」と好諧謔の一語。これは百一歳まで生きたといわれるフォントネル老翁が九十七八歳の折のはなし。翁は一六五七年生れの一七五七の他界、その時代の翰林文士として多少の述作も存する。この佳話は、神沢杜口《かんざわとこう》老人の『翁草《おきなぐさ》』の巻百七十幾つかにでも載せられてもよかりそうな話である。フォントネル翁には、別にまたその百歳の寿に際しても同様おもしろい逸話を作ったことがある。これらのおめでたい話は老人学資料の提供者として常に敬重せる野上翁の好意によって知った。

しかし私は平素欽慕して措かない老ゲーテが、六十有余の齢において、女優上りの人妻マリアンネに心ひかれて、晩年の名著たる『西東詩篇』の素因を作り、更に七十有余に達してから、マリーエンバート浴泉中に、芳紀十七八歳の少女ウルリイケを愛して、遂に母親を通して、伉儷を求めるに至った真摯な意気を仰ぎ、いよいよ敬服の情がつのらざるを得ない。この白髪文豪の情緒の源泉は汲めども尽きず、その「マリーエンバートの哀歌」を味わい、かの「ズライカ書」等を誦しつつ、青年期に愛読したなつかしき『ウェルテル』の悲哀を回顧する毎に、「こひしの昔やたちもかへらぬ老の波」といつもながら嘆ぜずにはおられない。絵姿でみるウルリイケ嬢の美容は、この七十翁を引きつけること甚だ切である。彼女が終生嫁がず、一八九九年、九十何歳までの高齢をもって、ゲーテの享年八十有三を超ゆること十歳ほどで、天寿を終えたとは、きくも嬉しいことである。一八九九年は明治三十二年だから、筆者私が大学を出て将《まさ》に妻帯せんとした頃だと思うと、老穉《ろうち》の気、ウルリイケを最もいとしみたくなるばかりである。

陸放翁《りくほうおう》の詩集たる『剣南詩稿《けんなんしこう》』には、老懐の作が甚だ多いが、巻二十四、七十歳頃の作に、「題四仙像」という四首の七言絶句がある。その中の第二には、薊子訓《けいしくん》という仙人を嘲弄して、「神仙死せずして何事をか成せる、只秋風に向つて感慨多からん」と転結の二句が見えているが、『鶉衣』の後篇上、「歎老辞」にもこれを引いた。その作者横井也有は、

されば老は忘るべし、又老は忘るべからず、二つの境まことに得がたしや、今もし蓬萊の店をさがさんに、不老の薬は売り切たり、不死の薬ばかりありといはゞ、たとへ一銭に十袋売るとも、不老をはなれて何かせん、不死はなくとも不老あらば十日なりとも足りぬべし、云々。

とあって、大いに放翁を讃していている。しかし死ぬけしきも見えない蟬となったティトーノスこそふびんというも愚かなりである。ただ秋風に向って感慨するばかりであろう。還暦に達した也有の、同じ巻に収められた「六十齢説」を一読すると共鳴すべき情理が多い。「六十

てふ身や夫だけのはぢ紅葉」と結んだ彼は、それから更に二十二ほど生き永らえ八十二まで在世したのは洵《まこと》におめでたいといわねばなるまい。

さて円満な結びをつけようとすると、これでは収まらず、老拙いささか一考しているところへ、待てば甘露で、いい智慧が授かった。それは今度創刊の「知慧」という雑誌の巻頭に、原随園《はらずいえん》さんの「知慧と正義」と題する文章が見えたのを読んでゆくと、「伊太利シエナ市の公会堂（パラッツォ・プブリコ）の大壁画に、十四世紀上半の画家アンブロヂオ・ロレンツェッチによつて、同市の象徴としての古老たちが画かれてあり、その頭上には希望、慈善、信仰、これらの三事を表象したそれぞれの天使を飛行せしめ、老人たちの左右には、正義、節制、威厳を象る三女神と、威厳、慎重、平和を象る三女神とを配置して、一の譬喩《アレゴリカル》画を構成したフレスコが見られる」と微妙な解説を施こされた。私は、フィレンツェまでは遊歴したが、その南方あまり遠くないところの名都シエナを見なかったから、いま原さんの教示によって、現代の日本にふさわしいこの象徴画の深き意義を悟り、他の画堂で見た幾多同種の壁画などとも思いあわせて、大いに感賞して措《お》く能わざるものがある。これら六徳の女神にとりかこまれたシエナ市の長老衆は羨望の極みである。殊に平和の女神が一ばん美しく画かれているというではないか。

（一九四七年一月「国際女性」。全集第十二巻所収）

随筆の名義

「随筆」と称する雑誌の創刊号に、随筆そのものについて、それを随筆風にかくようにと頼まれたが、古く明治時代にも、また新たに昭和年間にも、「随筆」と標榜した雑誌が三つ四つあらわれ、現に最近も「随筆人」というのに接した。昭和に入ってから、随筆を専一にした雑誌、随筆を収載した雑誌が、数多あらわれた。また新旧いずれの意味においても、単行にしても、叢書にしても、随筆集なるものが非常に多く出版された。旧式の随筆の索引や書目も、それに従って、三つ四つ出来た。なおまた随筆家という名称を冠らされた人々があらわれ、目録の上にばかりでなく、或る文学的な会で部門を立てた場合に随筆部という名が設けられた。私の如きものも、その部員に加えられた。こういう風に随筆全盛の時運が年々に進んで来たのであって、今またここに専載の随筆雑誌が、この京都において初めて創刊されるようになったわけである。

ところで往年改造社の円本の『現代文学全集』の中に、私の集が柳田・寺田・斎藤三君の分とともに、随筆家の選集一冊に加えられたり、その後、金星堂の『現代随筆全集』が幾多の著作家の小論や短文を編輯して十数冊を続刊してそれにも自分のが収められたりした。また国語や欧語の辞書や、百科辞典などにも、またこの随筆という語が、明治大正年間とは違って相当な程度に取扱われて来たのに対して、この語の内容と外延との発展が、ますます鮮明に注目されるようになり、いつしか自分もいわゆる随筆家と銘を打たれ、また初めは無自覚であった自分が次第にさように覚悟してしまうようになったものである。多分それは大正昭和の交であったかと思うが、その時代までは、西洋風のエッセイという小論文を、まだ随筆とはハッキリ称えていなかったのではあるまいか。私どもが大学時代の明治三十年前後に在っては、エッセイというと、少くとも学生間の通用語としては、学年末や卒業期における試験論文の形をしたものを指し、後世のごとくには、それらを随筆とは呼びならわさなかったと憶えている。それ故、明治末季このかた書き来たった拙稿のような小論文を随筆といわれたときは、自分たちの如く、随筆の旧概念に捉われて、その概念が先入主となっていた旧学徒にとっては、何だか半信半疑の間に彷徨して、暫くのうちは何だか腑に落ちないものがないでもなかった。その中に随筆の新概念が、英のエッセイ、その母胎たる仏のエセエの内容を摂取してしまったことを、ややおくればせに知るに至ったのであった。たしか古く故人岡倉翁にそんなことを語ったこともあったようである。

さてその翁からは、昭和九年の七月、『呉岸越勢集』と題する、名からが諧謔味に富んでいる新随筆を手ずから贈られたことがある。今その本を随筆の書架から取り出して、とびらを見ると、此書、昨日ローマ字綴主査委員会のありしをり、著者より贈られしを、けさ汽車東京駅を発して程なくより読みはじめて、大垣につきしころ了りぬ、おもしろしおもしろし、昭和九年七月十五日午後、「燕」が関ヶ原を通るころしるす、「あぶく」の章にヘボンのことを書けるが、きのふあたりのことを想出すにつけてもいとおもしろしとおもへり、芳賀氏（矢一）、石橋氏（和訓）のことどももみえてなつかし、同じをりに又かきつく。

書物にこういう落書をする癖のある私は、今しも旧友の越勢集に対して、著者を思い、当時を偲び、現代に照らし、今昔の感が甚だ深い。エッセイを越勢と訳したのは、もとより岡倉氏の独創で、「くれがし」を呉岸と宛字をして呉越同舟を同集ともじったところからであるが、その点は『吐雲録』などで普《あまね》く知られる和田垣謙三《わだがきけんぞう》氏と好一対である。ただ私の語感からいうと、越勢という文字は、ちと強すぎる。真面目に開きなおっての批評ではないが、少しきつすぎる気がする。むしろ悦世とか悦成とかしてみたいような感がうかぶ。故人の一粲《いっさん》を博するや否やは、もちろん論外である。

エセエには随想録、エッセイには試論などという訳語がかなり弘く行われているが、中国には別に試録という熟語も存する。論の字がもし日本で普通に用いるように少し強すぎる嫌があるとするならば、試録の方が、仏英二国語の原義にはよくかなうわけである。随想の文字もよいと思う。小論とも論文ともいい得られるが、やはりやや軽みを含めて、随の字を加えて随想とか随想録とかいう方がむしろ当っているようにうなずかれはしないか。

随筆のほかに、漫筆とか雑筆とか幾多の名称が数えられるがかれこれと枚挙する必要はあるまい。またいろいろ典雅な題名のもの、嶄新な、奇抜な、軽妙な書名の随筆が、我国だけにしても甚だ多くに上ることも一々例示するに及ぶまい。統計的にいうならば、随筆という名のものが、古くは比較的多数と見られるが、今日に至る間に確かに圧倒的に増加して来た事は事実である。『枕草子』とか『徒然草』とかいって日本文学史上もっとも著名な随筆をはじめ、中古の『江談抄』のごときを除くと、中世の『東斎随筆』三巻が本邦では、随筆という名のそれでは最も古いことも周知である。『群書類従』に入れられて、『江談抄』などとともに人の目に触れている本であるが、いささか分類もしてあるので随筆化が少し足らぬ感がある。しかし何といっても、一条兼良の著でもあるので、日本における随筆史の上には特筆されている。中世では、心敬の『ささめごと』の如きも斯道の随筆といえばいわれる書き振りであるが、歌論風のものには、連歌となく後の俳諧となく、それに編入しても差支えない類いのものがあちらにもこちらにもすこぶる多くして挙例の煩に堪えない。

随筆という名のついたそれは、南宋の洪邁の名著たる『容斎随筆』五集に始まることは定論であるが、著者が自ら序するところによれば、「老懶にして読書も多からず、意の向ふ所に随つて記録し、其の先後に因つて詮次することとなし、故に之を目して随筆と曰ふ」とあるから、漫然たる筆録にして秩序も何もないというのが、当初は本体であったのである。この識語は西紀一一八〇年に成ったのである。すなわち日本の治承四年、重盛が父を諫言した翌年にあたるわけである。前記の『東斎随筆』の著述よりも古いこと約三百年である。兼良のそれが、洪邁の名篇に直接負うところありや否やは、たしかではないが、とにかく随筆の名称はそれに由来するのである。

『東斎随筆』のあとでは、随筆の名を附けたものでは、松永貞徳の『長頭丸《ちようずまる》随筆』、沢庵和尚の『玲瓏《れいろう》随筆』、山鹿素行の『謫居《たつきよ》随筆』、黒川道祐《どうゆう》の『遠碧軒《えんぺきけん》随筆』などをはじめ、徳川初期のもの、すべてが著者自身の命名なりや否や判らぬが、ぽつぽつ出来た。義公の『西山《せいざん》随筆』を経て徂徠の『蘐園《けんえん》随筆』などの元禄享保の時代になると、近ごろ複製かつ印刷されて世に出た霊元天皇の『乙夜随筆』のごとき異数のものがあらわれ、次第に随筆という称呼が操觚《そうこ》界に盛行するようになって来た。以下煩を避けて誌さないが、この前後にも随筆の名を附けない随筆も甚だ多かったことは特にことわる要もあるまい。

徂徠の随筆では、前記の外、『なるべし』という名著がある。種々ヒントに富むところ、試論といおうか試案といおうか断片的なエッセイであるが、この享保年代から以後、随筆は京都でも江戸でもともにますます多きを加える。本来随筆というよりはむしろエッセイに近い名著として、室鳩巣の『駿台雑話』の如きは、私の愛誦措《お》く能わざるものである。下っては本居宣長の『玉勝間《たまかつま》』のような論著も半ば随想録にも属する。更に少しく後《おく》れて太田錦城の『梧窓漫筆《ごそうまんぴつ》』のような好箇のエセエもある。欧洲新古の名著に比べては断片的だという批議はあろうが、博覧と博聞の覚書たるの域を脱して、これも私の敬誦する随筆の随一となっている。

しかし日本の随筆が西洋の越勢と相違せる点は、むしろ智識慾を満足させる資料として、また、著者の博識を示すに足るような多少雑駁と散漫と無秩序などの特徴を具うる点にありはしまいかと思う。ただしこれは旧概念の随筆をさすのであって、実質上には西洋のエッセイの感化を受けたというわけではなく、単にエッセイ即随筆という名前の極印を附せられるに至った新概念の随筆についてではないのである。むろん両者の間のものは千差万別であることは言を俟つまい。

因みに蛇足を加えてかくと、英のエッセイは、仏のエセエから、その名実をみちびかれたもので、元来は動詞のコロミルという原語から来た。試に論ずればというつもりである。

仏英両方とも動詞に使う。試ミというほどの名称だから、洗錬された軽み、軽快味も伴い、時には渋味も妙味も加わってほしいわけ。老熟の余りの随筆、筆のまにまに意のままにというつもり、謙虚な態度での試筆。自分だけの覚書、人に示すのを目的としないようでもあるが、決して自分独りのものには終らせたくはない下心のもの、老痴の自分にも、「老人随筆」と題する抄物が十冊ほど出来たが、これも旧式な筆録にすぎない。佐藤一斎の『言志四録』を毎篇それからそれへと読みつづけてゆき、『言志晩録』以下に及びなどすると、ますます恥かしくなるばかりである。これらの箴言録ともいうべきエセエないし随筆もありがたい。

（一九四六年六月「随筆」。全集第十三巻所収）

（昭和丙戌四月）

日本のカルチュア・センター

日本のとか、東京のとか、いうとちと大げさにきこえるかもしらぬが、さほど僭越とも誇張とも思われぬにしても、しばらく遠慮するなら、私のカルチュア・センターとしておいてもよろしい。

そのカルチュア・センターたる神田の神保町界隈が京都や奈良などの古いカルチュア・センターとおなじく、またそのほか大小幾多の文化中心とともに戦災から救われたのは、天恵よりむしろ道理であろうけれども、名もゆかしき神田神保町界隈は私の教養中心としては忘れられぬ深い因縁をもつ。むろん本郷をも加えて、私の教養の二大旧縁地になるわけであるが、それは別にしておくと、明治二十五年の一八九二年このかたほとんど六十年、私はこの神保町あたりには無限の深遠な印象を有する。さらに一ッ橋内外にまで及ぶと、元の文部省や私のひところ教壇に立ったこともある外語、昔の蕃書調所ないし開成学校のあとで、本郷に移る以前の帝大前身の講堂のあった遺址、昭和の二十年間、毎月一度は宿泊した学士会館、それらの向いの旧一橋高商ないし如水会館から、岩波書店の本拠へかけての一地区。さらに電車通に出ると一誠堂や巌松堂などをはじめ、私のなじみでは、古く松村、細川、村口等の書店、まだまだ老年で忘れて今すぐには思い出せない和洋新旧かぞえきれないほどの本屋、あそこではなにを、ここではなにをという記憶もおぼろげな店も多いが、なつかしさは一通りでない。九段近くゆくと、昔は玉川堂とかいった文房諸具や法帖などを扱っていた風雅な店もあった。今はあんまり遠くまで散策せずにおこう。さて戦争以前に『日本橋』とか題した雑誌ような大冊子が続刊された。古くは『銀座』という風流な美本を出版したものもあったのだ。誰か好事な雅人があって、これから神保町あたりのカルチュア・センターの風土記をつくってくれる人が、もう出てきてもよかりそうなものではないか。

そんな際には、私なら第一に神保町を中心に、わかりやすくいうなら、電車の交叉点を中心点とした東西南北おのおの二三丁ずつを取るとしたい。それぞれの街路や町名は戦前戦後と差別ありや否やはアヴァンゲール人の私は知らぬが、とにかく駿河台から小川町や錦町の大部分、一ッ橋から三崎町、九段近くになると、もう神田をはずれる。以前の外神田あたりも、大学の東校（医学部）の旧地をおもうと、除外したくないが、旧文部省や外語までもとりこむとなると、釣合上あちこち割愛しにくい地域が多い。とにかくしばらく一ッ橋と神保町の表裏くらいを中心として、大まかに考えていくと、明治以降から以上、幕末まではいれることにしていた上で、そのへんの大きな出版業者と大きな販売業者とが連合して、この一大文教地区誌を、例のごとき型にはまった史料編纂風におちないようにいましめて、しかも史学的にして趣味的な、さりとてあんまり浩瀚《こうかん》なものにまでのぼせないように自粛し用心して編成することは、さまで困難ではなかりそうに思う。

編纂長には、故人ではあるが、第一に幸田露伴が最好適任者であったろう。もっとも翁は、第二の適任者と目せられるかもしれない内田魯庵《ろあん》とおなじく、むしろ下谷区内の出身ではあるが、露伴翁ありせばといまさら慨歎されるのである。現代での適任者は、まず長谷川如是閑《にょぜかん》であろう。深川出身ということに拘泥すべきではない。こんな夢をこの老人は、京都の一隅からえがいているが、それこそ京の夢江戸の夢である。しかし済々たる多士の新時代にあっては、学識、趣味、伝統、好因縁などの三拍子そろった適材の雅人をみいだすこともまた必ずしも至難ではないであろう。

こんな老痴人の夢をえがくかたわら、私は、そろそろ現実界もしくは懐古心境にもどって、上述のカルチュア・センターの懐旧談を試みようと思う。いまさら父祖を語るのも時代おくれだが、私は江戸の幕臣のせがれで、一ッ橋家、徳川御三卿といわれた一ッ橋家が私の養家の旧主であった。ただし一ッ橋は、江戸城内の一本橋だったのだから以前の麹町《こうじまち》区内に属したが、後世は神田の一地区になったことというまでもない。しかもその地は、人もしる東京大学発祥の地である。すなわち蕃書調所、文教と外務とを兼ね司どったような設備であった一種の官衙が、幕末から明治十五六年ころまでの一ッ橋に存した。それに近接して神保町とよばれた士族の屋敷があった。そのへんを当時は神保小路といっていた。そのへんは、火除地《ひよけち》として名高かった護持院ヶ原に接続していた。明治の十年代から二十年代にかけて、三省堂や敬業社や冨山房《ふざんぼう》などが起った因縁をなしたのも、その創立の根柢の浅からざるものがあったのではなかろうか。後年、明治二十五年ころか、今の東京堂が、冨山房の真向いに立ち、西に二丁程へだてては有斐閣、東には駿河台の登り口から奥にあっては、はるか後世の白水社や以前の岡書院などのごときも、それからそれへと思い出されて際限がない。小川町を東へ中西屋その外の盛衰興亡のあとの現状は時勢おくれの私としてはたずぬべきすべもないが、錦町あたり、一ころ官報の一手販売をやっていた八尾書店など、老人が懐古の情はつきない。すべてこれらの文化地区の基礎は、さかのぼれば一ッ橋の開成所ないし大学南校までゆくと考えたくなる。またそう考えても大過はないであろう。こんなことを、文献的に調査して断片的にでもよいから探古してゆきたいのが、私の老情である。

ところで、かの神保町の旧名たる神保小路のことだが、その神保氏は、今でなら言語学音声学に著名な神保格《じんぼうかく》君にもたずねたらわかるかもしれぬ。令兄神保小虎《ことら》博士とともに旧幕臣であるのだから一ッ橋の徳川の家来筋であるのかもしれない。今すぐに判断しがたい。武士としては米沢藩にも神保氏の名流があった。農家の出身としては上州や相模や讃岐などから国漢学者や日蓮宗の耆宿や算数砲術の新学者が神保家にあらわれた。ともかくも神保氏はいずれも尋常一様の士民ではなかった。神保の名が示すがごとき気品の高い名家としての伝記がのこる。ただおしむらくは、いつこの神保氏の屋敷が一ッ橋以北の地のそこにあったかをいまだつまびらかにせずにおるだけである。少しさぐればわかるのではないかと予想されるばかりだ。

『詩経』「小雅」の「楚茨」の第三章に、「神保これ格る、報ずるに介福を以てす、万寿むくゆるところなり」というめでたい文句があるのを読んで、同学の神保格君の先考が、たぶんは私らの父親とおなじく天保の時代に生まれた江戸武士だと思うが、よく姓の美称に応じた美名を発見されたものだと思う。古来よく『詩経』からは、その他の古典からと同様に命名の出典として、由緒あり含蓄ある美名が選ばれた。同じ「小雅」からは、わが親友の哲学者たりし桑木博士の兄弟の名が選ばれた。兄の厳翼《げんよく》、タスキがかかった漢字をつけた彧雄《あやお》、どちらも『詩経』から出ている。ことに兄桑木の厳翼の名は武に関係するので、生前本人が満悦していなかった。弟の理博のほうは、兄さんのほうのヨクヨクからイクイクとつづき、「信南山」の章句から出ておる。これも神保格のごとく寿考万年のめでたさも上位の好名である。近年佳話艶話をのこした塩谷節山の雅号も、大田南畝とおなじく『詩経』から出ておる。いずれも「小雅」の章句が出典だ。したがって蜀山の有名な随筆の一つ、『一話一言』もたしか同様であったと憶える。京都の出版業者のためにかつて大雅堂という名をつけたことがあったが、これも風雅頌の編名から取ったのだ。ただしこの書店は、不幸にして文運つたなくして廃絶した。

神保町の名義談で脱線してしまって申訳ないが、さてその神保町に私が出入したのは明治二十五年の夏秋の交、本郷の一中（一高）に入学してから、多少の断続もあり、記憶もおぼろげ、追想もまちまちで、一向とりとめもない回顧談だが、それから十年ほどのあいだの一高、東大および大学院における私の学生生活中、当時はむろんまだ三省堂にも冨山房にも小売部というものはなかった。理科の本を出した敬業社には私は縁がうすかった。それに反して、明治二十四、五、六年あたりかの創業と思われる今の東京堂には、私はしぜん第一におしかけていった。もちろん昭和時代のように盛況を呈した次第ではなかったし、間口はともかく、奥行は浅かった。博文館あたりの普及本をはじめ、お膝元の神田そのほか本郷日本橋京橋通りあたりの出版物を多く取次いで、私たちの青年客に新版物を供給してくれた。一般に小売店は後年のように顧客がむやみに店先きで乱読する式な、公衆仮図書館におけるオープンシェルヴス式ではなかったのであった。いつから最近のように進展して立読み式になったかは憶えていない。

さてその表神保町では、ひところの三省堂と冨山房とに対しては、私も多少の親交をもち来たった一人だが、それらのことを述懐するとあまり長文になるから、大概にとどめておく。ただ冨山房から派出したそのならびの宝永館については、明治三十三四年ころ、「言語学雑誌」を出してもらった関係を忘れることができない。それから後世になって私が『大言海』四冊のあとしまつをつけたこと、いずれも先輩の大槻、上田、芳賀三博士の遺業やら余光やらをうけての仕事であった。そんな関係で、冨山房にもたびたび出入した。

一橋の大学講義室において、上田先生の「言語学者としての新井白石」という講演および三宅米吉《みやけよねきち》博士の「西域文化史」の講演を、同級同僚の辻善之助《つじぜんのすけ》君とともに、一高から聴聞にでかけて、私が前者の感化によって、ついに大学で言語学を修めるようになってしまったのは、一八九四年の明治二十七年の十一月のことで、史学会の公開講演のときであった。

それから文部省の国語調査会に在職中、あるいはその前には錦町の中華人の一教育所、その中間には外語の講師を勤めたころ、私は毎日のように一ツ橋見附の内外を彷徨し往来した。ましてや昭和初年より同十九年の五月までほとんど断続なき十数年のあいだの、暑中をのぞいた毎月一度は欠かさずに宿泊した学士会館ホテルから、帰館の途上、または夕暮宵々ごとの神保町の本屋めぐり、東京堂をはじめ、岩波の小売部やその本部、冨山房の『大言海』編輯室、新古あちこちの本屋めぐりが、自分の老年期の教養にいかほど有益であり有意義であったことか。丸岡広文堂とか八木氏の古書通信社とかいう書店から、しばしば新著を求めては、帰洛の途上の読物にしてたのしんだことが今はなつかしくてたまらない。

私の癖として、それらの書を得たときには、どこの店で求めたとか、何びとから贈られたとか、いつ読みふけり、いつ読みおえたかということを、その書物の扉や奥附の近くに、なにかしら簡単に書きつけておくのが例であった。今たまたま座右の随筆類群籍の書架に、曾宮一念画伯の『夕映』の一冊がある。東京堂で購入した一冊であった。またそのころ、『北越雪譜』の鈴木牧之《ぼくし》の後裔にもなるかと憶える鈴木卯三郎翁が、そこの売店の管理をしていて、私は折々いろんな漫談をかわした思い出もある。わたくしの所蔵の『雪譜』の岩波文庫本には、「昭和十一年一月二十三日上野（学士院）より岡田（武松）氏の車にのせられて会館に帰つたあと、東京堂にでかけてこの本を求めたのち一週間、一月三十一日のよる東京堂にゆきしに、鈴木氏（卯三郎）とて牧之翁の孫といへる老店員にあひしこそふしぎなれ」と書いてある。「寒き夜なり」と附記もしてある。

曾宮画伯の『夕映』の奥には、少々長い文句だが、こんな識語が録してある。

この本を得てよむに至りし因縁こそおもしろかりけれ。五月十二日、上野の院にて池内氏より曾宮一念画伯を長崎の永見氏に紹介する名刺を与へよと求められき。同月二十五日にや、大谷大学図書館にて四部叢刊本なる『韓詩外伝』を見せてもらふとて待ちけるをり、旧知の萬造寺教授そこに予を伴ひゆきてくれし所、偶々館の事務室の机上に載せありし曾宮一念著、『夕ばえ』と題する随筆を手にとりあげて巻を開きて首めのあたりを読みて後、そを予に薦めて、先生のおよみになりさうな随筆ですよといふ。予直に開き見るに、いかにもとうなづかれき。かくてこの本を京に求めて得ず、六月九日東上せる翌日三省堂にて得ず、東京堂にて遂にこれを購ひ得つる喜ばしさ。乃ち会館にてよみ又十六日西帰の汽車中にて耽読し了へけり。在京中、偶々新刊の拙著『朝霞随筆』をも得たるに、夕映と朝霞と相対照しつつ愈おもしろしと思ひけり。帰洛の後は、夕ばえといふ熟語の源流を例の如く新旧の文献に徴して独り興をおぼえぬ。

昭和十八年六月十九日夜　　重山老人

かかる独りよがりの識語が、一々新得の本に存するのではないけれども、この夕映えの天象を愛する一人として、この語の意味の変遷と限定の過程とを古典と新著とに徴して本書の余白を『源氏』『枕』このかたの文学書辞書からの抄録で汚した。そんなことが縁となって著者から別製本をも頂戴するにいたったような幸いなこともあった。それのみかこんどは『裾野』と題するわが郷土の風物人俗に関するおもしろい随筆を曾宮氏から寄贈された。

こんな個人的すぎる回想記はともかくもとして、一ッ橋神保町界隈の過去現在の風土誌は、上述せる幾多の書店の共同事業としてなり単独事業としてなり、どちらでもよいから、早く実現してもらいたいと、ここ洛北の小山居から郷愁の情を抒べるのである。

（一九五一年四月「読書人」。全集第十三巻所収）

私の信条

私の信条は、一言にしてつくすと、善良なる平凡人たらんことを期するだけである。既往も現在も、また短き将来も、終始一貫して平凡ながら善良を求めてやまぬというだけに過ぎない。物ごころがついてから、あるいは学に志してからの六十有余年この心得をもって進んで来たけれども、もとより当初から信条と申すような堅くるしい自意識をもって進んだわけではなかった。こんどこういう題目を与えられて、なにか書く段になって回顧しはじめてから、追憶的ないし懐古的に信条めいたものを拾い出してみただけである。

もっとも平凡人を期して、努めて善良を求めこそするが、晩成をも大成をも念願せず、むしろ小成でもよろしい。未成に終るかもしらぬが、達成すれば結構だと思っている。大器の晩成は望ましいが、小器も晩小成がよいのではないかとさえ思う。むろん、これらいっさいの言葉は、自分一個のことであって、範とするには足りないのである。ドングリのせいくらべばかりでは世の中は進むわけはないから、超凡人すなわち超人が出なければ社会の進歩も革新もできない道理だ。私といえども、そういう英傑や天才が各界に現われることは、希望してやまないし、凡人が超人を望んで奮起することもまた歓迎しないのではない。ただ自分は上述のごとき心地をもって半意識的に進んで来たと憶えるだけである。一将の功を成さしめるために万骨が枯れるのでは、今の世には通らぬが、平和界にあってなら、万骨は将来といえども、枯れてやって、ぎせいに甘んじてもよいのではないか。平和と文化のために、根柢となり、礎石となり、支柱となってもよいのだと思う。少くとも千万人とともにか、あるいは千万人にかわってか、自分一個は、堅実な、善良な万骨的ぎせい者となるのを喜ぶのである。

自分は、近年おりおりに健康保全法とか長寿法とかをたずねられる。自分はそれに対して、いつもこう答えた。幼少のときから心身ともに弱虫であった自分は、いま弱健にして七十代の半ばまでも生きのびたのは、境遇の仕合せがしからしめたのでもあるが、つねに小心翼々として、自己流に自己の健康を自得し自戒してここにいたったものであって、中庸をもって一身を処した結果にすぎない。かように、応答したごとく、いかに人生に処し、いかに学会に処し来たったか、今この信条なるものを記すにつけても、やはり自己を知り、自己を省察するうえから自得し自粛し得たところの径路を叙するにとどまるのである。なんの奇異もなく、なんの特色もなく、なんのおもしろ味もない。

いっさいを天運に帰することができるかもしれないが、一つには性格、これも天与とも天賦ともいわれよう、二つには境遇、まずは家族、詳記するなら古くは父母と兄弟姉妹、それに加えてあとには妻子そのほかを中心にしたせまい家族生活、さらにちぢめるならば家庭生活、これらですら自分の力によって得たものでなく、天から授かったもので、わが自由意志によって得たものではなかった。境遇から得た感化には、ひろい意味の師友が、感化力の偶然な差等をもって、強弱さまざまの程度によって、与えられたところの所得と裨益とが忘れられない。仏教にいう四恩は、私は晩年折にふれてときどき説いたところであるが、いまさらここに説法めいたことをしようとは思わない。私が青年以来、この老年にいたるまで不断の感化を受けつつあるゲーテも、その自叙伝において、感恩と報恩と忘恩ということを述べているが、この点でも私はゲーテに負うところが深い。

しかしこんなことをいうと、時流の思想家や評論家からは、けだし時代おくれと黙嘲されもしようが、これも一つには自分の弱い性格、主我的でなくて没我的な、かつ反省的な性格からくる個人的な性格にもよるのであり、他方には老人の生活や閑暇の余裕から起る現在の境遇上の縁にもよるにちがいない。けれども、感恩のことは、さかのぼって顧みると、実家の母から受けた感銘が印象されたところにもとづくと信じている。明治二十三年の五月のこと、実父の一周忌ころの一夜、なにかに激して母は、人は恩を忘れてはならないというようなことを涙まじりに親戚二三者の前で語っていたことを憶えている。十五歳にしかならぬ中学生の私は、内容も由来も理屈もわからずに、なんだか悲しくて堪らなかった。そんな感傷的な一夕一場の情緒が、六十年の今にもほんのり浮んでくる。そんな先入主の非理知的な主情的なものが、ゲーテの自記と偶合したのも妙不可思議である。今も私の南向きの書斎の壁間にかかっている母の肖像に対しても、思い出が深遠である。ことしの一月、ふとそんな気持から詠んだ拙作が二三首あるからのせておきたい。

あめつちに世の人々に父母に妻子にさへも感謝す吾は

かつて四恩を説いたのは、十数年前、停年退職のときであったが、そのときは四つの恩の序列の詮索をば、やかましく考えたものであったけれども、今は天地と社会と父母と妻子との四つの順序に次第した。これもまったく個人的な考え方に過ぎぬ。国土や君主は、見方によっては天地万物と世界万人との中に兼摂してもよいのではないか。議論も起り自説も存するが、自分の場合新しい一つの見解だと思う。それはともかくも、右の一首とともに私が詠んだ同時の歌は、まだ二首存する。

小器われ晩成もせず永らへて凡器を抱き安らかに生く
凡人の吾幸はへり凡人と生れしことのありがたきかな

最後の一首は、なんだか天才啄木の口調を想い起させるが、まねたつもりはなかった。不知不識の感化かもしれぬ。それはさておくが、父からよりは、母からのほうの感化をより多く受けた私は、精神的方面において、母からは敬神崇仏の念を、理念的ではなく、単に信仰的に、よしや浅いにしてもうえつけられた追想をもつ。母は毎朝根気よく初めに神棚を、つぎに仏壇を拝んで一定のありがたい文句を、私たちに聞えるような音声で、敬虔な調子でささげているだけであった。なにも私たちに強いたことはなかった。篤信でも、熱心でもなかったが、毎朝欠かさぬ程度でしかなかった。要するに母は終始一貫して江戸式旧風な平凡な一女性たるに過ぎなかった。それが私にはかえってよかったので、私を冥々の間に影響してくれたものではなかったかと思う。

父からは直接の感化をこうむったような自覚は私には浮んでこないが、しかし私に儒教の学問を早期に注入してくれたのは、私をして今日あらしめたゆえんであるとつねづね感謝している。実父も養父もともに旧幕の下級の武士であったが、実父のほうは、勤王家の朱子学者大橋訥庵《とつあん》の門人で、明治十年代にいたって、墨東小梅の旧大橋邸のあとに住ってもいた。同じ系統の漢学生を養嗣子としてわが長姉の配偶に選んだくらいであるから、私を明治十年代の西洋文明心酔の時勢から救うためでもあったか、または父兄の合意に出でたかして、私には『三字経』から『孝経』を経て四書五経を、小学校の半途退学のまま、素読程度ながらも、学習せしめた。修身の要領は朱子の『小学』の講義、史学は水戸の『皇朝史略』、漢土の『十八史略』、進んでは『史記』と『左伝』。それもわけもわからずに単に読過する程度であった。八つ九つから十二歳ぐらいまでの数年間、ただ読誦反復するばかりの漢学を自修させられた。欧州のラテン語学の quousque tandem 式教育と同じであった。しかし、私の一生の思想の根本は、けっしてそれに拘泥せずにすませたが、儒教的に培養されたのであった。『学』『庸』『論』『孟』の四書と、『小学』の外編と、これら数部の経典の断片的ながらの精華が、教養の要素となってしまった。いちいち私の記誦に照らして挙げると、あまりに冗漫になるから省略するが、後年クリスチャンの次姉から『新約聖書』の話を聞かせられたりして、私は家庭的にキリスト教の一端にも触れる縁をもった。父の亡きあとには、養父から淘道の初歩を学び、天賦の性格の自覚にもとづくところの自己陶冶《とうや》の法にも親しみ、懺悔反省の道をも修めたおかげによって、比喩的に大まかにいうと、正経と諸子との両部にわたろうと試みる概だけをもった。少くもその端緒がひらけた。それらはおよそ十二三から十四五歳にいたる頑是ない少年時代ではあったが、いわゆる三ツ児の魂が七十半ばまで残存しておるのは、よしや自分だけの独り合点としても、これらの経緯は、ありがたい天運だと気楽に感謝しておる。

すでに幾分かとしても正学をも異端をも兼修し、和漢にも東西にもわたろうとする対照比較を失わぬ態度、開放と包容と暢達の意気ぐみを基調として、学問の道に進み得たことは、実父母にも養父母にも岳父母にも、恩師旧師、親友益友、かぞえきれぬ幾多の人々から恩顧を受けた思い出は深い。実に情緒無限である。ゲーテの恩頼感の所説にも共感されるゆえんである。完人たるゲーテ、いやがうえに完全を求めてやまなかったゲーテ、東方から西漸せる銀杏樹葉のごとく、両岐の葉の一か二か、一の二分か、二の合一かを疑問に歌った詩聖もまた遠西のわが恩師の随一である。一昨年八月生誕二百年を慶し、一九三二年の百年祭にも、その廟に詣でたのも、まったく詩聖景仰の一念によるのである。

専門学の恩師のことはさておき、大学における教養の恩師としては、私は第一にケーベル先生を推さねばならぬ。哲学的思惟には至って短なる私は、単にギリシャ語の初歩を先生に習い、その清高な風格と温雅な容姿とに接しただけである。まれに級友の波多野精一《はたのせいいち》君に連れていかれて先生の私宅に参し、ピアノ一曲、ビール一杯に青春のあこがれを高うしたぐらいにとどまった。一高卒業期に、英文でつづられた先生の『哲学概論』のプリントを得て再三敬読して哲学の階梯を登ったにすぎぬ。その巻首には、デルフォイの殿堂の玄関に刻せられた名句「汝自らを知れ」（グノーティ・サウトン）から説きおこされた。大学の正科のギリシャ語学者であったキューネルの『学用文典』の演習文には、ギリシャ思想をもりこめた善言嘉句が富んでいた。それもほかならぬケーベル先生が温顔の下、微笑をたたえての授業である。中庸を愛するの観念を現わされ「手が手を浄める」という隻手の声めいた禅家の公案的な文句も読んだ。私のギリシャへの憧憬の念はますます高まるばかりだ。かくして師も逝き友も去ったが、私はいくどとなく「己を知れ」の一句に、自己省察を試み、平凡に生き、瓦全瓦成でも、小器小成でも、とにかく楽しく悠々自適しつつ晩年をすごしてゆきたいと念じておるのみなのは、師父と賢哲とのおかげによる。凡夫の常道だ。

（一九五一年五月「世界」。全集第十三巻所収）

夢に生きる

今度はやはり生成会同人の坂本繁二郎《はんじろう》画伯とご一緒に、文化勲章を頂いたので、参内のときに、初めて画伯にお眼にかかることができた。私にとって、拝謁はこれが四度目である。昭和の四五年ごろ、学士院の第一部、第二部の会員が何十人くらいだか一緒に参内したことがあった。その次には昭和十年の新年に御進講をいたし、それからもう一度お眼にかかり、そして今度が四度目ということになる。

最初のとき、「何を専門にしているか」という御下問があったので、「言語学を専攻して居ります」とお答えした。重ねて「言語学というのは?」と仰せられたので、「言語の科学的な分析をいたしますが、別に人類学や考古学や、民俗学などを参照して多角的に研究いたします」と申上げた。すると「言語の方面から見て、日本民族はどこから移って来たという結論が出てくるか?」というお言葉があった。

あの時勢に、かなり思い切って科学的な御質問であると、いくぶん驚きながら「語系から申しますれば、日本民族はウラル・アルタイ系に属します。朝鮮、蒙古、トルコ、ハンガリー、フィンランドなど、みなおなじ語系に入りますので、これだけから申しましても、大陸系統であることはほぼ定説になっております」とお答えした。陛下からまた「南方の言葉は入っていないか」という御下問があったので、「断片的には南方のことばも入って来ておりますが、系統的には、何と申しましても、大陸との関係が深かったように思われます」と申上げたことをいま思い出す。

この小山中溝の家は、ほど遠からぬ中京区土手町の夷川《えびすがわ》にお住まいの旧友木戸忠太郎《ちゅうたろう》君から頂戴して、ここへ移して来て建てたものである。御尊父の木戸孝允《たかよし》卿の最期の邸宅の一部であるが、母家の方は卿の臨終に際して、明治天皇がわざわざ見舞いに行幸せられた時のまま、現在も史蹟に指定せられているので、その部分は原状のまま保存せられている。別棟の方は差支えないからというので、大正十二年に私が元の借り家の明け渡しを迫られた際、令息の木戸忠太郎君のご好意で分割して頂いてここへ移してきたものである。そもそも木戸卿と私の実父関口隆吉《たかよし》とは、若いころ、江戸の剣客、斎藤彌九郎の塾で同門というよしみがあった。木戸氏の桂小五郎は塾頭で、私の父の方は末輩であったが、後に新政府で、やはり木戸内務卿の下で、父は地方官を務めていたことがある。ある時、木戸卿が、私の父に向って、「君は旧幕臣で長州征伐に関係もあったから、以前は僕の郷里の長州とは対立したこともある。しかし、長州のものを山口県令にすると、とかく情実に捉われて弊害を免れないと思うから、君一つ、山口県令になって、昔のかたき役の長州へ出かけてくれないか」というような話があった。そんな経緯から、実父は山形県令から山口県令に転任したわけで、私自身の

「出」（いづる）という名にしても、山形で母胎に宿り、山口に誕生したというので、山と山とを重ねて「出」という字がえらばれたようなわけであった。

そんな因縁を思えば、木戸邸の一部を私が頂いて住まっているのも、まあ故なしとしないかも知れない。さてこの家の北の方に、戦争中の強制疎開で取り払われた街の跡が広い並木道になっている。そののち十何年もたったので、その並木が育って早くも疎らな林のようになった。私は時々そこを閑歩しながら、考えごとをすることにしている。むかしアテネでは哲学者のアリストテレス一派のペリパテティックス、すなわち逍遥学派と呼ばれた哲学者たちがアテネの一部を閑歩しながら瞑想をしたという話であるが、私もいささかそれにあやかる気持もあって、この洛北の疎林道をぶらつくわけである。これについて一寸した暗示的なエピソードがあるので、そのことをここに述べておきたい。

去る十月の末であった。生成会の京都支部で講演会を催し、武者と湯川との両君が出るから、私にも何か喋るようにとの注文があった。最初は短くてもいいという話だったのでお引受けしたが、その後、少し長くという申入れに変ったので、「わが夢」という題で四五十分くらい話をした。私はどういうものか、この夏のころからたびたび夢を見るようになったので、そのうち、わりにまとまって頭に残っているものを思い出しながら話をして責めをふさぐことにした。

旧い話だが、私は明治二十九年に第一高等中学から東大の博言学科に入った。そのころロシア系の哲学者として有名であったケーベル先生からギリシャ語を教った。先生はこれはいいと思う本があると、学生に下さったもので、私はベンゼレルという人の著した『シュール・ウェルテルブッフ』、すなわち『希独辞書』を頂いた。そして別にキュウネルという人の『グラマティク』を自分で南江堂で買ってもっていた。この本にはギリシャの哲学上の金言や格言が沢山のせてあったし、哲学概論のようなものの梗概も引用してあったように思う。

そんな関係もあったので、ずっと後に、私どもが京都に来てから、ケーベル先生を京大へ招きたいと夢想したら夢に来て下さった。それで波多野精一、深田康算《やすかず》、田中秀央《ひでなか》の諸君や私などで話を聞いた。たしか深田君のお弟子の植田寿蔵《じゅぞう》君も世話人格でその座に加わったように憶えている。桑木君はこれよりさき、ケーベル先生が東大を退職せられたので、その後を継ぐため、すでに大正の三四年ごろ、東大へ遷って行ったわけであった。

ところでごく近ごろそのケーベル教室の夢を見たのである。多分、その前に、ケーベル言行録とか、パスカルやモンテーニュの書物を読んだためであったかも知れない。私の誕生日は十月の四日なのだが、その暁にもはっきりとギリシャ哲学の夢を見た。先にいった自家の近所の並木道を散歩していると、どうしたわけか警官が追いかけて来たので、閑歩道の疎林の中へ逃げこんだのである。例のアリストテレスなどのペリパテティックス、すなわち逍遥学派を真似たわけだが、そのとき、ふとアプレイウスという人の名が頭に浮んできて、眼がさめてからも、はっきりその言葉が頭に残っていた。

不思議な気がしたので、起きてから試みにハームスワースの『百科辞書』をくって見ると、そのアプレイウスという名が出て来た。紀元二世紀ごろ、ローマの植民地カルタゴに生まれ、『ゴールデン・アッス』（黄金の驢馬）という長篇の神話的な説話を書きのこしている人で、それが世界で小説的ジャンルを書き起した最初のものとさえ言われていることがわかった。松平千秋《まつだいらちあき》とか、呉茂一《くれしげいち》とかいう若い学者による訳書にもでてくるようだし、私の編纂した『広辞苑』にも、アプレイウスという名が出ていることも判明した。この学者の名が、なぜか私の夢の中で近くの散歩道の疎林と結びついたということは正に噴飯ものだが、まあそんな風な軽い話をして、生成会支部の集りでお茶を濁したわけである。

『論語』の中には「衰へたる哉、我れ未だ夢に周公を見ず」とあるが、老来、たびたび夢を見るうちに、アプレイウスやケーベルの夢を見ることができたのは、私としても嬉しく思っている。私は十歳になる前に見た幼い夢の中でお釈迦さまの前の煎餅をとって食べて、後

の罰を心配したという取り止めもない記憶が残っている。『新約聖書』の「使徒行伝」に出て来るペトロの言葉の中には、

爾等若き者は幻を見よ
爾等老いたる者は夢を見よ

とある。老人にとって、将来の理想とか希望とかを夢みることは難しくなり、ただ過去における失敗を追想し、自らの賢哲に及ばぬことを後悔する途が残されているのみである。実行力がないからただ夢に生きるの外はない。徐ろに「夢学」を立てることが出来れば、「無学」に比べてずっと面白いであろう。ドイツ語の「トロイメ・ウント・ショイメ」(夢幻と泡沫)の考え方は、仏者の言葉にもその例がある。しかしこんなことを考えたり、書いたりするのも、もはや老人の心の迷いに過ぎないような気もする。酔生夢死でなしに、酔生夢生というわけでもあろうか。

(一九五七年二月「心」。全集第十三巻所収)

わが生涯を顧みて

私が生まれたのは明治九年。実父の任地山口で生まれ、父の前任地は東北の山形だったから私の名前を山二つで「出」とつけた。そこで小学校の初歩を過ごした。父が郷里の東京にもどってから向島の小学校に入り直し、三年ほどのち、小学校をまだ終えぬうちに千葉県の佐原にあった寺小屋式の漢学塾に入学して漢学教育を三年ほど受けた。この三年の漢学教育が自分には一生を通して精神的基礎になったと自覚している。

父親も漢学者流の行政官であったから根本は漢学仕込みであった。

十二歳になって父の新任地の静岡に呼びもどされ、そこで県立の中学に入った。そのころの中学校は、英語の教育がいまとくらべて非常に進歩的といえるので、地理、歴史などの教科書もたいていやさしい英語で書いてあった。明治初期の教育ではまだ国語教育は行われず、漢文教育が根底だった。だから数学、理化学はともかくとして人文的な教育では一に英語、二に漢学だったからいわば後世の教育法からいうと、半ばは進歩的で半ばは保守的であることはまぬがれなかった。明年十八九年から二十年ころにかけて、いわゆる文明開化の波がとうとうとして東京には横行していたから、保守的な父は私を教育するためにまず佐原の村塾に入れて文明開化の余毒を受けないようにしたり、私の兄を上海に洋行させて漢学などの勉強をさせたようなふうだった。

そんなことで私は中学を明治二十五年に終った。「教育勅語」は明治二十三年に中学で受けたが、そのころはリベラルな教育だったから「勅語」の奉読を後世ほどきびしく訓示することも、「君が代」を歌うことも、自分の在学中はされなかった。

明治二十五年に東京に出て、一高の前身に入った。予科が二年、本科が二年だった時代で、予科の時分は科学的な学問を専門にするか人文的な学問を専門にするか、その両方ともわからずに勉強させられた。寄宿寮に入って陶冶されるというふうな教育だった。

一高の当時の気風は、国粋的なものだったが、私はたいしてその風潮にもおかされずにすんだ。

ちょうど三宅雪嶺《せつれい》先生の『真善美日本人』という本を愛読したりして、健全な日本精神に鍛えられたこともあったが、あまりその弊風におかされず、外国文学も読み、たとえば坪内逍遥先生の「早稲田文学」、森鷗外先生の「しがらみ草紙」、『水沫集』なども愛読したり、徳富蘇峰先生の「国民之友」も愛読したりして、自分では健全な思想教育を経たと信じている。

予科の教育を受けている間に、自分の傾向は理科的よりも文科的な方に適していると自覚した。新たに学んだ国語、古くから学んだ漢文、それから自分が好きだった英語、ドイツ語に親しんで来たため、理科的な方に進まず文科的な方に進むようになった。小さい時から歴史、ことに『日本外史』『史記』『左伝』を読んだために、元来歴史の知識は比較的豊富だった。それで大学に進むときは、むろん、文科の歴史学あるいは言語学に進む素地を高等学校時代に得ていた。明治二十九年に卒業して、直ちに東大の文科に入り、はじめは西洋の史学をおさめようか、あるいは比較言語学を専攻しようかと迷ったことがあった。

ところが高等学校を卒業する前に——明治二十七年の秋に、のちの恩師となった上田万年《かずとし》先生が西洋から帰られ、史学会の講演で「言語学者としての新井白石」という演題で、日本の国語辞書の話を西洋の言語学の学説によって説明された講義を聞いて、だんだん歴史的言語学を専門にしようとする傾向が助長された。

そこで決然として明治二十九年九月に当時「博言学」と言っていた学科に入ってフランス語、ギリシャ語、ラテン語、その他インド、中国、アイヌなど東洋の語学を勉強し、歴史的比較的な言語学を一生の専門にするようになった。私の学問の傾向は、哲学的でなく、史学的である。根本の原理を究めるより言語事実を広く集めて、それの具体的由来とか歴史とか根原とかいうことをおさめるように進んで行った。

だから私の言語学は、どこまでも歴史的なものであって、純理的なものでなかった。

基礎的には純理的な言語学も学び、また研究法も学んで基礎づけはしたけれど、自分の新しくやろうとしたことは、わが国語を中心としてひろく東西の言語を比較しその来歴を究めよう、その歴史を探究しようという方向に進んで行った。

そこで最初は言語学の基礎になる音声学を学んだり、心理学を補助学科としておさめたりしたが、だんだん一語一語の歴史をさぐるようになって、いわゆるレキシコグラフィー（語詞学）的方面に深入りするようになって、恩師および諸先輩の感化を受けつつ理想的な大辞典を編さんしようという野心を起した。

卒業後ますますそういう方向に盲進して、独英仏の先進大辞書の編さん法を調査したり、古い先進の諸大家の業績を調べたりして日本大辞書の出発点にした。それはちょうど、自分の大学教授たる晩年の昭和初年からだった。

爾来三十年経って、自分の壮年期に抱いた大野心は青春の夢となって、はなはだ微々たる中小辞典ができ、大理想は挫折したままこの老年期に入ってしまった。

むかしの詩人でも英雄でも豪傑でも、青年期の夢は、だんだん経験を積むと、現実と相たかって挫折するのが習であるけれど、自分としてももうこれ以上の事業は進ませる余地はないと、感慨無量に思う。欧米諸国における辞書の編さん、出版のごときは、国家の力にせよ、団体の力にせよ、継続するところの根気、大いなる資力などが相まって達成されるもので、渺乎たる、力の弱い個人的仕事ではないように思われる。

けれども基礎を作る方から言うと、やはり個人個人が何年かかかって、自分のできるだけの力を発揮した仕事を、同時代あるいは後世に残して去るというのは、古今の例であり、いまさら自分が慨嘆したり絶望したりするのは当らない。将来幾多の人の奮起に待たねばならぬと思う。

回顧してみると、自分が幼少期から学んだ学問が、総合的に、あるいは分解的に自分の事業と教養の上に役立っていることを思って、私は非常に満足していることである。

（一九五六年十一月三日「東京新聞」。全集第十四巻所収）

解説

新村 猛

「海賊の話」から「わが生涯を顧みて」まで二十六篇の文章を、十五巻に達する亡父全集（昭和四十六年春―四十八年秋、筑摩書房刊）の中から選んで、一冊の書物にする企画と作業を始めた時、いちばん難かしくて頭を悩ませたのは、どういう文章をおびただしく数多い著作から選択すればよいか、その方針と規準を決めることであった。

これまでにも、戦前と戦後にわたって、未完了のままになった新村出選集や語源語史選集四巻などを上梓した前例がないわけではない。しかし、こんどの場合、収録に充てられる紙幅・頁数が少ないだけでなく、選集四巻のように領域の限定もないので、選択の仕方が大へん困難になってくる。その上、前世紀の末に始めて六十数年間つづけた亡父の執筆活動の成果を振り返りたどって見ると、ただその数量がきわめて多いくらいでは済まされず、措辞や文体の変遷が、当然のことながら、いちじるしいことに気づかざるをえない。

そこで、亡父の著作物総体について精しいことでは近親中随一の長男（徹）に編集原案の作成を求めたところ、祖父（亡父）が五十六歳になった昭和六年（一九三一）八月に刊行した自撰による同名の選集『新村出集』（改造社版「現代日本文学全集」五十八、柳田国男・吉村冬彦・斎藤茂吉と合巻）から半分を採り、その後三十数年間に書き続けた著作から他の半分を選んだらどうですか、と進言してくれた。

なるほど、これは好い案であると考えた私は、さらにそれを骨子にして実行案を作成してもらい、出版者側にも異存がなかったので、程なく実行案に基づいて文章を選び出したのであるが、附録を除く本文全般に眼を通して分ったのは、『新村出集』に自ら選んで収めた文章のうち、明治末期から大正時代にかけて亡父が書いたものには、現代の読者の多くにとって、読みにくく難解な語句や引用文がやはり少なくないことである。

こういう事情が分った以上、すぐ対策を講じることにして、原案作成者と出版元編集者と三人で話し合った結果、上述のような骨子による原案を一部分修正することに落ち着いたのである。

こんどの一冊本選集について、もう少しつけ加えたいのは、現代日本の著名な文筆家たちの一冊本選文集叢書の既刊分いく冊かを手に取って見ると、それらに収められた内容がどれもすべて読み易いことであって、『新村出集』だけが格別に読み難いという印象を与えてはいけないと実は私ども三者は考えたわけである。なおまた、私ども父子がこの『新村出集』をなるべく多くの市民に読んでいただきたいと念願することはここに記すまでもないと思う。

要するに、この一冊本選集はただ一つの試み、見本にすぎないこと、他にいくつも選択・編集の仕方があるということ、この点を読者の方がたが御理解下されば幸いである。

終りに、著者である亡父は歴史的仮名遣（旧仮名遣）を堅持しようとした文献学者であったとはいえ、上記の選集四巻と旺文社文庫本二冊（『語源をさぐる』『新編琅玕記《ろうかんき》』）の場合と同じく、こんどの一冊本でも、文中の引用文以外は仮名遣をすべて現代仮名遣（新仮名遣）に改めたほか、漢字の一部を平仮名にし、全集原文につけてない語句に振り仮名（ルビ）を新たに適宜加えることにした。その趣旨についてはお断りするに及ばないであろう。それに反して、お断りしなければならないのは、所収の一篇「雪のサンタマリヤ」等に含まれていた不確かな、或いは筆者の記憶違いに由る誤った記述を数個所敢えて訂正したことである。これは正確を期するためであって、故人も諒としてくれるに違いないと信じる。

昭和五十七年（一九八二）十月二十八日

年譜

明治九年（一八七六）　一歳　十月四日、山口県山口町に生れる。父関口隆吉、母静子の次男。父が知県の前任地山形と現任地山口の二つの山の字を合せて出（いづる）と名づけられる。後の重山（ちょうざん）の号もこれによる。

明治十三年（一八八〇）　五歳　山口県師範学校附属小学校に入学。

明治十四年（一八八一）　六歳　父元老院議官に任ぜられ、東京向島に移住。

明治十五年（一八八二）　七歳　本町藤木小学校に学ぶ。

明治十七年（一八八四）　九歳　春、下総国佐原に下り、栗本義喬塾にて漢学を修める。

明治二十年（一八八七）　十二歳　佐原より静岡に帰家、静岡県尋常中学校に入学。

明治二十二年（一八八九）　十四歳　十二月、新村氏（猛雄）の養子となる。

明治二十五年（一八九二）　十七歳　三月、静岡中学校卒業。五月、上京、塩谷青山塾に入る。九月、第一高等中学校予科に入学。

明治二十七年（一八九四）　十九歳　九月、一高一部に進級。十一月、上田万年講演を聴き、言語学を学ぶ端緒を開かれる。

明治二十九年（一八九六）二十一歳　七月、一高卒業。東京帝国大学文科大学博言学科に入学。

明治三十年（一八九七）　二十二歳　十一月、養家静岡より東京・本郷駒込曙町に移る。

明治三十二年（一八九九）二十四歳　七月、東京帝大卒業、優等生として明治天皇より銀時計を受ける。九月、大学院に入る。

明治三十三年（一九〇〇）二十五歳　十月、東京帝大助手に就任。十一月十日、荒川豊子と結婚。

明治三十四年（一九〇一）二十六歳　十月、東京帝大講師嘱託。十一月、『イエスペルセン氏言語進歩論』刊行。

明治三十五年（一九〇二）二十七歳　東京高等師範教授に就任。四月、国語調査委員会補助委員嘱託。

明治三十六年（一九〇三）二十八歳　九月、東京外国語学校講師嘱託。

明治三十七年（一九〇四）二十九歳　八月、東京帝大助教授を兼任。

明治三十九年（一九〇六）三十一歳　九月、『上水内郡声音学講習筆記』刊行。

明治四十年（一九〇七）　三十二歳　一月、京都帝大助教授に転任。三月、欧州留学の途につく。四月、ベルリン大学聴講生となる。

明治四十一年（一九〇八）三十三歳　四、五月、オーストリア、イタリア、スイスを旅行。八月、ドレスデンのエスペラント第四回万国大会に日本代表として出席。九月、渡英。ロンドン大英博物館に学修。十一月、オックスフォード大学に学び、ボドレアン文庫の日本吉利支丹文献を抄録。十二月、ロンドンに帰る。

明治四十二年(一九〇九) 三十四歳
二月、パリに転学。四月、帰国。五月、京都帝大教授に就任、言語学講座担当。六月、国語調査会臨時委員依嘱。九月、京都市上京区下切通に移住。

明治四十三年(一九一〇) 三十五歳
六月、文学博士を授与される。

明治四十四年(一九一一) 三十六歳
六月、『文禄旧訳伊曾保物語』刊行。十月、京都帝大図書館長に就任。

大正三年(一九一四) 三十九歳
八月、朝鮮京城、仁川に訪書。

大正四年(一九一五) 四十歳
五月、九州各地の図書館大会に出席。八月、『南蛮記』刊行。

大正五年(一九一六) 四十一歳
十二月、京大言語研究会を起す。

大正六年(一九一七) 四十二歳
六月、鹿児島に朝鮮住民の遺跡、文献調査。

大正八年(一九一九) 四十四歳
九月、中国へ出張、朝鮮経由、奉天、天津、北京、南京、上海を廻り、十月十八日帰国。

大正九年(一九二〇) 四十五歳
三月、鴨川西畔土手町の木戸孝允旧邸に移住。

大正十年(一九二一) 四十六歳
五月、横浜より欧米各国へ出張の途につく。二十七日ニューヨーク着、プリンストン、ワシントン、ボストン、エール各大学図書館等を見学。六月十五日渡英。ロンドン、オックスフォードの二大文庫に訪書。九月、フランス、ベルギー、オランダ三国を経て十月入独、ベルリン、パリを経て月末マルセイユ出航、十二月八日、神戸着帰国。

大正十二年（一九二三）　四十八歳
三月、『吉利支丹遺物の研究』（浜田耕作と合著）刊行。十二月、旧土手町邸を小山中溝町に移築し定住。

大正十三年（一九二四）　四十九歳
四月、倉敷の図書館事業を視察。十二月、『南蛮更紗』刊行。

大正十四年（一九二五）　五十歳
四月、静岡葵文庫にて講演。九月、『南蛮広記』『典籍叢談』刊行。十二月、『続南蛮広記』刊行。

大正十五年（一九二六）　五十一歳
七月、勲二等瑞宝章に叙せられる。十月、日本音声学協会副会長に選任される。

昭和二年（一九二七）　五十二歳
五月、『船舶史考』刊行。十一月、『海表叢書』第一巻刊行。十二月、『東方言語史叢考』刊行。

昭和三年（一九二八）　五十三歳
一月、帝国学士院会員に選任。『海表叢書』第二巻刊行。三月、同第三巻刊行。四月、同第四巻刊行。六月、同第五巻刊行。七月、伊曾保物語展を開催、『同展覧目録』刊行。十月、『天草本伊曾保物語』刊行。十一月、『海表叢書』第六巻刊行。十二月、『異国情趣集』刊行。

昭和四年（一九二九）　五十四歳
七月、『イソップ物語』（アルス版）刊行。十一月、『薩道先生景仰録』刊行。

昭和五年（一九三〇）　五十五歳
五月、『琅玕記』刊行。八月、『南国巡礼』刊行。十一月、『東亜語源志』刊行。

昭和六年（一九三一）　五十六歳　六月、『南蛮文学』（日本文学）刊行。八月、『新村出集』刊行。十一月、広島方言学会に赴く。

昭和七年（一九三二）　五十七歳　四月八日、神戸発欧州各国に出張。五月、パリ、ブリュッセル、六月、ロンドン、ハーグ、アムステルダム、七月、ベルリン、ライプチヒ、パリを廻り、マルセイユ出港、八月二十六日、神戸着帰国。

昭和八年（一九三三）　五十八歳　三月、『言語学概説』刊行。四月、『言語学概論』刊行。

昭和九年（一九三四）　五十九歳　一月、日本放送協会用語調査委員に就任。二月、臨時ローマ字調査会委員に就任。三月、『典籍散語』刊行。五月、日本学術振興会古典翻訳委員に就任。六月、『イソップ』（岩波講座）刊行。十一月、『史伝叢考』刊行。十二月、国語審議会委員に就任。

昭和十年（一九三五）　六十歳　一月、陛下に国書進講（和名抄につきて）。一月、『南蛮文学』（日本歴史）、『遠西叢考』『辞苑』刊行。五月、『花鳥草紙』刊行。

昭和十一年（一九三六）　六十一歳　七月、勲一等瑞宝章を授与される。十月、京都帝大停年退官。十一月、正三位に叙せられる。十二月、京都帝大名誉教授の名称を受く。

昭和十二年（一九三七）　六十二歳　十一月、日本音声学協会会長に選任。

昭和十三年（一九三八）　六十三歳　二月、『言苑』刊行。五月、日本言語学会会長に就任。十二月、『イソップ物語』（小山書店版）刊行。

昭和十四年（一九三九）　六十四歳
三月、『天草本伊曾保物語』（岩波文庫）刊行。

昭和十五年（一九四〇）　六十五歳
七月、日伊協会評議員に就任。十一月、国宝調査委員に就任。『万葉図録』（佐佐木信綱と共編）、『橿』『日本の言葉』刊行。

昭和十六年（一九四一）　六十六歳
二月、『国語問題正義』刊行。四月、『重山集』刊行。五月、『日本吉利支丹文化史』刊行。十二月、日葡協会評議員、日本方言学会会長に就任。

昭和十七年（一九四二）　六十七歳
一月、国民学術協会評議員に就任。六月、大東亜学術協会会長に就任。『言葉の歴史』刊行。七月、『聖徳太子憲法十七条』刊行。八月、民族学協会会長に就任。『ちぎれ雲』刊行。十一月、『日本晴』刊行。

昭和十八年（一九四三）　六十八歳
二月、陽明文庫理事に就任。四月、『南方記』刊行。五月、『朝霞随筆』刊行。八月、『国語の基準』『言語学序説』『聖徳太子御年譜』刊行。
九月、『新村出選集』第一巻刊行。十一月、『国語学叢録』刊行。

昭和十九年（一九四四）　六十九歳
三月、国語学会名誉会員、学術研究会議会員、東洋文庫商議員に就任。
六月、『新村出選集』第三巻刊行。九月、『外来語の話』刊行。十一月、『典籍雑考』刊行。

昭和二十年（一九四五）　七十歳
五月、独乙文化研究所（七月、西洋文化研究所に改称）主事に就任。
六月、『新村出選集』第二巻刊行。

昭和二十一年（一九四六）七十一歳　四月、東方文化研究所理事に就任。十二月、『童心録』刊行。

昭和二十二年（一九四七）七十二歳　一月、京都文化院発会、院長となる。五月、『あけぼの』刊行。六月、京都御所天皇陛下御前にて座談。十月、『イソップ物語』（東京出版）刊行。十二月、『新村出選集』第四巻刊行。

昭和二十三年（一九四八）七十三歳　二月、『万葉苑枯葉』刊行。四月、『吉利支丹研究余録』刊行。八月、『松笠集』刊行。十一月、京都文人連盟会長に就任。

昭和二十四年（一九四九）七十四歳　二月、花園大学設立、教授に名を列ねる。三月、『言林』刊行。九月、『小言林』刊行。

昭和二十五年（一九五〇）七十五歳　五月、全国図書館大会に出席、名誉会長に推される。六月、日本ダンテ学会創立、会長に就任。十月、天理図書館展観。十一月、『雨月』刊行。

昭和二十六年（一九五一）七十六歳　三月、『語源をさぐる（1）』刊行。八月、日西文化協会会長に選任。九月、『イソップものがたり』（筑摩書房版）刊行。

昭和二十七年（一九五二）七十七歳　四月、『国語博辞典』刊行。六月、『牡丹の園』刊行。十一月、喜寿祝賀講演会開催。

昭和二十八年（一九五三）七十八歳　二月、日本エスペラント学会顧問に就任。九月、『新編南蛮更紗』刊行。十一月、『行雲流水』刊行。十二月、日本歌留多会名誉会長に就任。

昭和二十九年（一九五四）七十九歳　二月、象山会会長受諾。三月、『イソップ物語』（創元社版）刊行。

昭和三十年（一九五五）　八十歳　五月、『広辞苑（初版）』、『五月富士』刊行。

昭和三十一年（一九五六）八十一歳　一月、『言葉の今昔』刊行。二月、『新国語辞典』『高等国文新選』（三巻）刊行。十一月、文化勲章を受章。京都名誉市民となる。

昭和三十二年（一九五七）八十二歳　五月、『言林（改訂版）』刊行。九月三十日、妻豊子死去。十二月、『吉利支丹文学集（上）』刊行。

昭和三十三年（一九五八）八十三歳　八月、京都図書館協会顧問となる。

昭和三十四年（一九五九）八十四歳　五月、東上、学士院、国語研究所へ赴く。

昭和三十五年（一九六〇）八十五歳　一月、『吉利支丹文学集（下）』刊行。五月、東上、学士院へ赴く。

昭和三十六年（一九六一）八十六歳　三月、京都御所に観梅に出向き、交通事故に遭い負傷、以後京都より外に出ることなし。

昭和三十八年（一九六三）八十八歳　一月、旧臘よりの風邪悪化、病臥五月半ばに及ぶ。十月、米寿祝賀会。十一月、『ふるさとを訪ねて』刊行。

昭和三十九年（一九六四）八十九歳　七月、『佐久間象山先生』（共著）刊行。

昭和四十一年（一九六六）九十一歳　一月、「雪の日」を寄稿、絶筆となる。

昭和四十二年（一九六七）九十二歳　八月十七日、永眠。銀杯一組下賜。十月、京都市公葬。


（新村 徹 編）

[著者] 新村出（しんむら・いずる）
言語学・日本語学者。1876年山口県生まれ。東京帝国大学文科大学博言学科卒。京都帝国大学教授（退官後名誉教授）、文学博士、帝国学士院会員。日本における言語学・日本語学の確立に貢献、西洋言語学説の紹介、国語史、キリシタン版による南蛮研究などその業績は幅広く、国語辞典『広辞苑』編纂者として著名。1956年、文化勲章受章。著書に『東方言語史叢考』『東亜語源志』『南蛮更紗』など多数。1967年歿。

[編者] 新村猛（しんむら・たけし）
フランス文学者。新村出の次男。1905年東京生まれ。京都帝国大学文学部仏文科卒。名古屋大学文学部教授（退官後名誉教授）。出と共に『広辞苑』を編纂し、出の歿後も改訂に尽力した。1992年歿。

平凡社ライブラリー 910
新村出随筆集《しんむらいずるずいひつしゅう》

発行日…………2020年10月9日　初版第1刷

著者……………新村出
編者……………新村猛
発行者…………下中美都
発行所…………株式会社平凡社
〒101-0051　東京都千代田区神田神保町3-29
電話　(03)3230-6579［編集］
(03)3230-6573［営業］
振替　00180-0-29639

印刷・製本……中央精版印刷株式会社
ＤＴＰ…………大連拓思科技有限公司＋平凡社制作
装幀……………中垣信夫

ISBN978-4-582-76910-4
NDC分類番号810　B6変型判(16.0cm)　総ページ264

平凡社ホームページ https://www.heibonsha.co.jp/

落丁・乱丁本のお取り替えは小社読者サービス係まで
直接お送りください（送料、小社負担）。